超级粉丝

中国当代故事文学读本系列六

35 幽默讽刺系列

上海故事会文化传媒有限公司

图书在版编目（CIP）数据

超级粉丝 / 故事会编辑部编. -- 上海 ：上海锦绣文章出版社，2015.8
(中国当代故事文学读本．幽默讽刺系列)
ISBN 978-7-5452-1671-4

Ⅰ. ①超… Ⅱ. ①故… Ⅲ. ①故事－作品集－中国－当代 Ⅳ. ①I247.8

中国版本图书馆CIP数据核字(2015)第164011号

责任编辑：王　睿
装帧设计：周艳梅
责任督印：张　凯

书　　名：超级粉丝
著　　者：《故事会》编辑部编

出　　版：世纪出版集团　上海锦绣文章出版社
出　　品：上海故事会文化传媒有限公司
(200020　上海市绍兴路74号　www.storychina.cn)
发　　行：世纪出版股份有限公司发行中心
印　　刷：上海中华印刷有限公司
开　　本：787×1092　1/32　印张8
版　　次：2015年8月第1版　2015年8月第1次印刷
书　　号：ISBN 978-7-5452-1671-4/I·663
定　　价：15.00元

故事会 大众文化出版基地 www.storychina.cn　上海故事会文化传媒有限公司 出品（00555）www.storychina.cn

上海故事会文化传媒有限公司所有图书可办理邮购，免收邮费（挂号除外）
汇款地址：上海市南绍兴路74号(200020)；　收款人：上海故事会文化传媒有限公司出版发行部
联系电话：021-64338113
如发现本书有质量问题，请与印刷厂质量科联系 Tel:021-65376981

编者的话

一、中华民族自古以来便有讲故事的传统。五千年的文明绵延不断，五千年的故事口耳相传，故事成为中华民族弥足珍贵的精神财富。

二、创刊于1963年的《故事会》杂志是一本以发表当代故事为主的通俗性文学读物。50年来，这本杂志得风气之先，发表了一大批脍炙人口的优秀作品，许多作品一经发表便不胫而走、踏石留印，故而又有中国当代故事“简写本”之称。

三、50年来，这本杂志眼睛向下、情趣向上，传达的是中华民族最核心、最基本的价值观。

四、为让读者在最短的时间内阅读最大面积的精品力作，同时也为纪念《故事会》杂志创刊50周年，故事会编辑部特组织出版《中国当代故事文学读本》丛书。

五、丛书共分六个板块：悬念推理系列、幽默讽刺系列、惊悚恐怖系列、言情伦理系列、古今传奇系列、社会写真系列。并按系列逐年推出若干部作品集。

六、古人云：登东山而小鲁，登泰山而小天下。对于喜欢故事的读者来说，本丛书的创意编辑将带来超凡脱俗的阅读体验。

《故事会》编辑部

目录
Contents

目录
Contents

世间·颠倒记

妙语·博笑记

m i a o y u   b o x i a o j i

幽默是智慧的通达，妙语是心灵的开阔地，会心莞尔，钦之高妙，何不徜徉其间，开怀一乐？

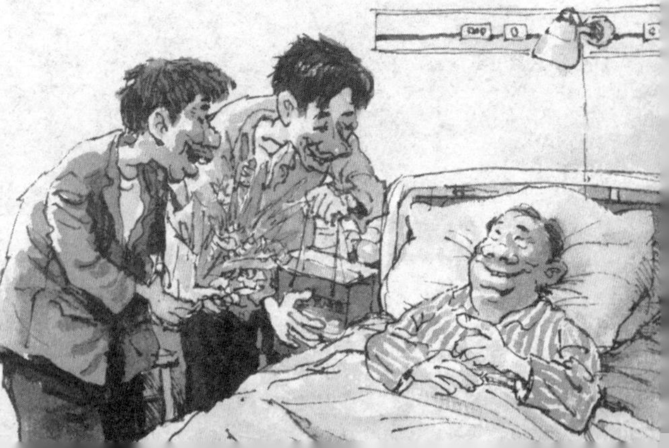

听了老人言

早先有则故事，说的是有一个年轻人，来往于几个村子之间，靠卖帽子为生。

一个大热天的下午，他穿过一片田野，感到有点累，想打个盹。他看到一棵芒果树，枝繁叶茂，阴凉一片。于是把装着帽子的包放在身边，进入了梦乡。当他醒来后，发现包里的帽子一个也不见了！

“哦，上帝！”他忽然听到头上有动静，抬头一看，好家伙，只见芒果树上满是聪明伶俐的猴子，上蹿下跳，头上戴着各色帽子！他冲着猴子大声喊叫，猴子们也冲他尖叫；他向猴子扮鬼脸，猴子也向着他扮鬼脸；他朝猴子扔石头，猴子就从树上摘了生芒果雨点般地砸向他。

年轻人十分泄气，顺手摘下头上戴着的帽子使劲扔在地上。瞧！愚蠢的猴子学着他的样子，也扔下了戴在头上的帽子。年轻人没有浪费时间，赶快擎收起他的帽子继续上路了。

50 年过去了。年轻人的孙子约翰继承祖业，同样在各个村子间卖帽子。

一天，经过长途跋涉，他感到非常累，正巧看到一棵芒果树，枝繁叶茂，阴凉一片。

约翰决定休息一会儿,于是坐在树下,很快就呼呼大睡了。当他醒来，发现包里的帽子全部不翼而飞了！约翰一抬头，看见一群猴子坐在芒果树上，头上戴着他的帽子。

约翰想起了爷爷常常说起的那个故事。

“对！我可以耍弄这些猴子！”约翰说，“我要让它们模仿我，这样我就可以拿回所有的帽子了！”

约翰向猴子挥挥手，猴子也向约翰挥挥手；约翰开始跳舞，猴子也在树上跳起舞来；约翰拽拽自己的耳朵，猴子也拽拽自己的耳朵；最后，约翰把头上的帽子扔在地上……

就在这时，一只猴子从树上跳下来，抢走了约翰扔在地上的帽子，又飞快地爬回树上，冲着气急败坏的约翰，边做鬼脸，边大声说:“笨蛋，你以为只有你有爷爷吗？”

（梅落迪）

（题图：李　加）

商人和鹦鹉

很久很久以前，印度有一个商人，养了一只鹦鹉。每天他都要亲自喂它，倒水给它喝。

有一天，商人要到很远的一个国家去做买卖。他把要带的货物准备齐全后，把全家人召集拢来，对他们说："我要出远门了，你们想让我带些什么礼物回来呢？"

于是，家里每个人都讲了自己想得到的东西。商人记下后，告别了亲人，刚要启程时，笼架里的鹦鹉对他说："主人，我对您也有一个请求。""你想要什么？只要能办到，我也可以答应。"鹦鹉说："在您要去的国家有一株大树，树上有许多鹦鹉。请您找到这株大树，把我的问候——萨拉姆（伊斯兰式的问好语）——带给我的同伴，再把它们的回音带给我。您肯这样做，我对您将会感恩不尽。”商人笑着说：“好吧，你的请求，我也尽量满足。”

商人经过艰辛的漫长旅程，终于来到那个国家。他办完买卖和其他的事情后，记着鹦鹉的嘱托，找到了那株大树。商人一看，果然是一株枝杈伸展、树叶茂盛的古老大树。树上栖息着数不清的野鹦鹉。

商人仰着头，向它们喊道：“你们好啊，鹦鹉！我家的鹦鹉让我把它的问候——萨拉姆——向你们转告。”

他的话音刚落，树上有只鹦鹉一头栽到地上死了。商人惊讶地想：这只鹦鹉竟然一听到同伴的问候就死了，那它准是我的鹦鹉的好朋友了。

商人回到家里，把从那个国家带来的礼品一一分给了亲人，可是对鹦鹉啥话也没有说，因为他怕鹦鹉得知朋友的死讯一定会很伤心。

笼中的鹦鹉见了商人便问：“主人，您是否忘了把我的问候带给我的同伴？”商人说：“我已向它们转达了你的问候，可我什么回音也没得到。”

鹦鹉听了，难过地说：“那就请您把当时见到的一切讲给我听吧。”

唉，有什么办法呢？商人只得说：“我找到了那株大树，看见了许多鹦鹉。可是当我刚刚转达完你对它们的问候，有一只鹦鹉就跌在地上死了。”

商人话刚说完，只见站在枝架上的鹦鹉身体晃了一晃，掉到笼底，也死了。

商人一见，感到十分后悔：我真不该告诉它朋友的死讯。他这样想着，只好提起死鹦鹉的双脚向窗外扔去。

突然，那鹦鹉扇动翅膀，很快地向那遥远的地方飞去。

商人这时才恍然大悟：原来树上的鹦鹉掉下来是装死，为的是教会笼中的同伴怎样获得自由。

（编译：沈毓秀）
（题图：阿　李）

就怕乡干部

打谷场上正在放电影，人们扶老携幼，端了凳子椅子坐着观看。这时一个中年壮汉拍了拍前排看客的肩膀小声问："大叔，您是乡干部吗？"

对方说："不是！""你家里有人是乡干部吗？"对方说："没有。""你的亲戚呢？"对方说："没有，他们中间没有一个在乡里工作的。""你的朋友或熟人中有谁在乡里工作吗？比如给乡长当司机什么的。"对方说："没有，我在乡里没有任何关系。"

中年汉子突然一推对方的后背，恶狠狠地来了句："我说小子，抬一下屁股，你的凳子一直压着大爷我的脚呢！"

（曾　旗）

（题图：顾子易）

高个儿姑娘

常大顺今年五十多岁，是省体委女篮教练，最近一心想培养一名高个子中锋，然而始终未能如愿。这可把他愁坏了，连晚上做梦也会梦到高个子姑娘。

这天常大顺正睡午觉，老婆把他叫醒，说是来了客人。常大顺起身来到客厅，看到屋里坐着个陌生女人，没等他开口，那女人就说："听说你们要招打篮球的，我就来了。"

常大顺看她身高虽有一米八，但年纪有四十多岁，而且风尘仆仆的，一看就是个乡下妇女。女人见常大顺不说话光撇嘴，忙说："不是我，是我那丫头想要打篮球。"

常大顺便问她女儿身体好不好。女人说："可好哩，长到十六岁，还从没得过病。我蒸的大白馒头，她一顿吃五个还嫌不够呢！”

常大顺又问她平时好不好运动，女人说：“忒好动。一天到晚猴儿精似的翻跟头打把势，还三天两头把村里男孩子打得哭爹叫娘的。”

听到这里，常大顺开始感兴趣了，他忙问孩子身高多少。女人说：“还真没给她量过——我家没尺呀。”常大顺想了想，就说：“这样吧，明天你把她带来，我当面做一下目测。”女人说：“今天就给看看，行不？”常大顺便问她人在哪儿。女人说：“我怕那野丫头给你家添乱，就没让她进来，她正在门外等着呢。”

“那快让她进来吧。”常大顺说着起身去开门。他拉开里面的木门，木门外还有一层防盗门，防盗门用铁皮做成，上面装着一只“猫眼”。常大顺习惯地对准猫眼儿，向外头看了一眼，就在这时，他发现外面也有一只眼睛贴得紧紧的，也在往屋里看，这下里外两人就“看对眼儿”了。

常大顺怔了一下并没开门，而是回过头对女人说：“你还是把你那丫头带回去吧，再怎么着，我们也不会选上个残疾人啊！”女人忙说：“我那丫头身体好好的，根本没残疾，你让她进来看看好吗？”“用不着，我已经看清楚了，”常大顺说，“她一只眼睛是瞎的，怎能上场打篮球？真是笑话！”

女人便也凑到猫眼儿前往外看，看过一会，她略显难为情地说：“您看错了……也怪天太热，我那丫头大大咧咧的，撩起衬衫扇风，您刚才看见的，是她的肚脐眼儿！”

（吴　港）

（题图：李　加）

都是最后一句惹的祸

大李最近有一个重大的发现——当人们发生冲突的时候，原因并不在于各自都说了些什么，原因是什么呢？是大家说的最后那句话，大李把它称为“多余的最后一句话”。可别小瞧这个发现，这可是他用“血的教训”换来的。

那天，大李坐公交车去办事，车上人不多，但也没有空位子，有几个人还站着，吊着拉手晃来晃去。

一个年轻人，干干瘦瘦的，戴个眼镜，身旁有几个大包，一看就是刚从外地来的。他靠在售票员旁边，手里拿着一张地图在认真研究着，眼里不时露出迷茫的神情，估计是有点儿迷路了。他犹豫了半天，终于很不好意思地问售票员："去颐和园应该在哪站下车啊？"

售票员是个短头发的小姑娘，正剔指甲缝呢，她抬头看了一眼外地小伙儿，说："你坐错方向了，应该到对面往回坐。"要光说这些话也没什么，但是售票员可没说完，她说了那"多余的最后一句话"："拿着地图都看不明白，还看什么劲儿啊！"售票员姑娘眼皮都不抬地说。外地小伙儿可是个有涵养的人，他"嘿嘿"笑了一笑，把地图收起来，准备下一站下车换乘去。

这时候，旁边有个大爷可听不下去了，他对外地小伙儿说："你不用往回坐，再往前坐四站换 904 也能到。"

要是大爷说到这儿也就完了，那还真不错，既帮助了别人，也树立了乐于助人的良好形象。可大爷哪儿能就这么打住呢，他一定要把那"多余的最后一句话"说完，只见他瞥了一眼售票员，张口说道："现在的年轻人哪，没一个有教养的！"

大李想，大爷这话真是多余，车上年轻人好多呢，打击面太大了吧！这不，站在大爷旁边的一位小姐就忍不住了："大爷，不能说年轻人都没教养吧，没教养的毕竟是少数嘛，您这么一说我们都成什么了！"

这位小姐穿得挺时髦，两根细带子吊个小背心，脸上化着鲜艳的浓妆，头发染成火红色。可她这话说得还真不错，不像没教养的人，跟大爷还"您、您"的，可谁叫她也忍不住非要说那"多余的最后一句话"呢！

"反倒是像您这样上了年纪，看着挺慈祥的，一肚子坏水儿的多了去了！"

要没有人出来批评一下时髦小姐是不正常的，这不，一个中年的大姐说话了："你这个女孩子怎么能这么跟老人讲话呢，要有点儿礼貌嘛！你对你父母也这么说话吗？"大李想，大姐批评得多好！果然，把女孩子的爹妈一抬出来，女孩子立刻就不吭气了。

要说这事儿就这么结了也就算了，大家说到这儿也就完了，大家该干嘛干嘛去。可不要忘了，大姐的“多余的最后一句话”还没说呢！

“瞧你那样，估计你父母也管不了你，打扮得跟小姐似的！”

后面的事大家就可想而知了，简单地说，出人命的可能都有……

这么吵着闹着车可就到站了。车门一开，售票员小姑娘说：“都别吵了，该下车的赶快下车吧，别把自己的正事儿给耽误了。”当然，她也没忘了把“多余的最后一句话”给说出来：

“要吵统统都给我下车吵去，不下去我车可不走了啊！烦不烦啊！”

烦不烦？烦！不仅她烦，所有乘客都烦了！整个车厢这可叫炸了窝了，骂售票员的、骂外地小伙儿的、骂时髦小姐的、骂中年大姐的、骂天气的、骂自个儿孩子的，真是人声鼎沸甭提多热闹了！

就这么乱了半天，那个外地小伙儿一直没有说话，这时估计他实在受不了了，只听他大叫一声：“大家都别吵了！都是我的错，我自个儿没看好地图，让大家跟着都生一肚子气！大家就算给我面子，都别吵了行吗？”

听到他这么说，当然车上的人都不好意思再吵了，声音很快平息下来，少数人轻声嘀咕了两句，也就不说话了。但不要忘了，外地小伙儿的‘多余的最后一句话”还没说呢：

“早知道你们这地方的人都这么不讲理，我还不如不来呢！”

想知道事情最后的结果吗？大李那天的事情没有办成，他先到派出所录了口供，然后到医院外科把头上的伤给处理了一下。

大李头上的伤是在混战中被售票员小姑娘用票匣子给砸的——大家可别认为我们的大李也参与了打架，他是去劝架来着！他呼吁大家都冷静一点儿，有话好好说，又没什么大事儿，何必非要打个头破血流。

不过,大李“多余的最后一句话”是这样的,他指着售票员小姑娘说:“不就是因为她不会说话吗?你们就当她脑子有毛病,跟她计较个什么劲儿呀!”

（推荐者：肖涟源）
（题图：安玉民）

现场采访

大牛是市电视台记者，他嘴皮子伶俐，脑子机灵，人称牛铁嘴。这一天，他听说大山村有个叫土根的小伙子会做小型根雕，便带着摄制组专程赶去采访。

大牛来到土根家，看到满屋子都是精美的小型根雕，土根本人正坐在桌边聚精会神地拨弄一根口杯粗的树根，心里一乐，赶紧走上前，喜滋滋地说："土根师傅，我们是市电视台《走进生活》栏目组的记者，今天来采访你制作根雕，因为我们是现场直播，希望你能配合。"

一听说是电视台的记者，土根心里就有些不痛快。前年他爹在河滩种了五亩西瓜，瓜还没上市就被洪水冲走了，可电视台为了树立典型，愣是报道说他爹净挣了两万余元，结果搞得他爹好一阵子都不敢出门。

今天见记者又要来捣鼓，土根把嘴一撇，没好气地说：“哼，你们芝麻大的事也要吹成西瓜，我可不稀罕你们这一套。”

大牛一听这话，连忙解释道：“土根师傅，你放心，我们这个节目强调的就是生活的真实，你只顾做你的活，我把你根雕制作过程介绍给观众朋友就行！”正在这时，助手提醒他时间到了，大牛便不管土根同意不同意，叫摄像师打开摄像机凑了上去，自己捏着话筒，在一边口若悬河地解说开了：“观众朋友，这期《走进生活》栏目，我们为您介绍一位来自大山深处的小型根雕艺术家，他的名字叫土根。小型根雕是最近几年兴起的根艺新品种，它以造型小巧而倍受人们青睐……”

虽然现场直播对记者而言是个考验，但“牛铁嘴”的绰号也不是白来的，这样的小场面，对于大牛来说简直是小菜一碟。此刻，他看见土根正拿着一把凿刀小心翼翼地削手中的树根，便不失时机地切入正题，侃侃而谈：“现在大家看到的是土根师傅制作根雕的初坯，他刀法娴熟，游刃有余，可见其非凡的功底。”

哪知，说到这里，土根好像有意跟他作对似的，把凿刀一扔，拿着手中的树根端详一会儿，把树根调转头，改用小斧削了。

这点小事自然也难不倒大牛，他灵机一动，又滔滔不绝说开了：“根雕制作的关键，就是要根据根的形状琢磨主题。土根师傅以其敏锐的触角，超凡的审美情趣，从观察中获得了创作灵感……”

话音未落，土根随手丢了斧头，把树根掂了掂，瞧了瞧，改用柴刀削。

大牛见了，马上话锋一转，煞有介事地说道：“刀是根雕制作的主要工具，‘削’是根雕制作的基本功，也是根雕成型的重要环节，应该说经过凿、劈、削等工序后，根雕造型的轮廓马上就要出现在我们面前，土根师傅到底要创作什么造型呢？我们拭目以待……”

哪知，土根手中的树根越削越细，越削越短，没几下，一只口杯粗的树根，已被削成拇指般粗的四方形。大牛大吃一惊，捏着话筒的手不禁颤抖起来：这是搞什么名堂？哪有见过四方型的根雕？

然而，大牛毕竟是个名嘴，他略加思索，又有了解说词："根雕制作是个不断修改、完善的过程，有时对既定造型不满意，中途还得忍痛调整造型。大家看，现在土根师傅已将刚才圆形树根削成了方形，方形应该说更具阳刚之美……"

大牛的话还没说完，只见土根手中的树根又被削成了圆形。大牛一看，叫苦不迭，喉咙就像塞了一个糯米团，语无伦次说不出话来。

土根却不管这些，他挥舞着刀继续削着，树根被越削越小，不一会儿已所剩无几，他索性操一把刨刀，"啪，啪"没几下，全刨成了碎片。

大牛惊得目瞪口呆，脸上憋得红一阵白一阵的，瘪着嘴一句话也说不出来。

土根看也没看他一眼，进屋拿来一个瓦罐，将地板上的木屑装进瓦罐，提着就走。

大牛忍无可忍，再也顾不上正在做现场直播，一把拽住土根的手，大声问道："你、你到底是做什么？"

土根哈哈大笑道："没做什么，我只是把一根满山白药的根削成碎片储存起来，给我爹泡茶喝，专治他的慢性气管炎。"

（谢元清）

（题图：顾子易）

超级粉丝

电视台最近推出某电视剧“超级影视粉丝”选拔活动。经过层层筛选，有三名粉丝进入了决赛，为活跃气氛，电视台还特地邀请了编剧、导演、女主角来做评委，进行现场直播。

首先是才艺展示。第一位粉丝是位年轻姑娘，绝招是“模仿秀”，简直就是女主角 2 号。第二位上场的是个小朋友，表演的是“记忆秀”，连灯光布景赞助单位都无一遗漏。第三位老者展示的是“故事秀”……

三轮下来，三名粉丝不但分不出高下，且三位评委的意见也有了分歧。没办法，最后决定一题抢答定乾坤。只听主持人发问道：“第五集女主角跳水之后，接下来的镜头是什么？”小孩子反应快，只见他应声回答说：“我知道，是‘自从我服用了新钙中钙，嘿！腰不酸了，背也不疼了，一口气上五楼，一点都不费劲’……”

主持人强忍笑容，故作严肃地说：“不对，错了。”

“没错呀。”小朋友疑惑地挠挠头。

年轻姑娘笑吟吟站起说：“小弟弟，你是记错了，是‘你好，我好，他也好’嘛……”

“不对，”老者接上了话，“姑娘跳下水后，是一颗炮弹爆炸声！”

“哇噻！”三位评委齐声贺道，“恭喜你，答对了！”

年轻姑娘和小朋友阴着脸嘟哝说：“电视剧一到关键时刻就插播广告，谁能记得清呀？真是的……”

主持人不失时机地将话筒送到老者面前：“请问您是怎么记住的呀？”

老者接过话筒朗声说道：“俺是咱电视台的老观众了，而且还最喜欢咱电视台在剧情关键时插播广告，因为我是一个尿频尿急患者，趁插播广告时上厕所，一点都不耽误事……电视剧情节，一个都不落下。”

（申之珉）

（题图：顾子易）

天堂的广告

一位从事广告业的大亨，在车祸中不幸丧生，他的灵魂悠悠荡荡来到天堂门口报到。握有天堂钥匙的圣彼得挡住他说：“先别急，我带你参观参观后再选择。”

圣彼得带他来到一处大房子，那儿有很多人在里面漫无目标地来回闲荡，一个个显得百无聊赖地打着呵欠。圣彼得说：“这就是天堂，我再带你去看看地狱。”

他们来到一个狂欢热闹的地方，那里每个人脸上都挂着满足和微笑，男男女女都尽情歌舞。圣彼得问大亨：“这就是地狱，你选择哪一个？”

大亨毫不犹豫地说：“那还用问，当然是地狱。”

圣彼得说：“好极了，这可是你自己选的。”说完，转身走了。

这时，来了两个青面獠牙的小鬼像老鹰逮小鸡似地拖起大亨，奔向一口滚烫的大油锅。

大亨惨叫道："圣彼得先生，你骗人，我刚才看到的地狱不是这个样子的呀！"

越走越远的圣彼得头也不回地说："大亨先生，刚才你看到的是广告……"

（编译：争　鸣）
（题图：李　加）

学会老练

一个中尉带兵打仗是一把好手，可在待人接物方面却是一窍不通，为此，上下关系有时处得十分紧张。一天，中尉把一个哨兵叫到办公室来，冲口就说：“克拉莫，你祖母死了。”

那个士兵立刻昏倒在地。

过了好久，士兵才醒转过来，哭哭啼啼地走了。上校亲眼看到这个场面，等士兵一离开办公室，他就教训起中尉来：“你今天说话太唐突了，换谁也受不了。以后说话要注意方式方法。我家里有不少这方面的书，读了能让你学会老练的。”

中尉从上校家里借来五六本书，从头到尾读了一通，做好了充分准备以应付非常事件。

几星期后，列兵约翰逊的祖父死了。第二天早晨集合的时候，中尉问约翰逊："列兵，你有几个祖父还活在世上？"

"一个。"

"还有一个呢？"

"我压根儿就一个祖父，长官。"约翰逊气呼呼地说。

"噢，别那么着急，约翰逊先生。太急了，你就会像上次克拉莫一样倒在地上。"中尉想了想，掂量了一下自己的用词，接着说，"假如，你真的只有一个祖父，那么我深表遗憾地告知阁下，现在你一个祖父也没有了……"

（编译：王贵明）

（题图：李　加）

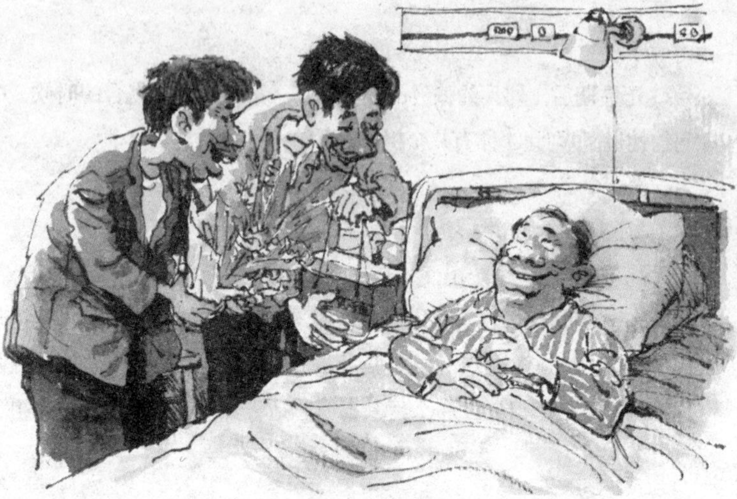

你骗谁啊

老林从单位领导的位子上退下后，就得了一种怪病。

啥怪病？他睡在床上，老是冲着老伴喊："有人来了，快去开门。"

可是老伴开开门，却不见人影，如此一而再、再而三地叫开门，开开门又不见人，他老伴慌了，忙给在医院工作的儿子打电话。

儿子赶回家，连忙送老林去医院，可是老林住进医院之后，病情毫无好转。

老林的儿子请了许多同事会诊，也没找出老林的病因，就在大家束手无策时，奇迹却出现了。

那天，老林的一位老朋友提着一箱脑白金来医院看他，老林一改数日里的呆板，变得有说有笑。

老林的儿子很快找到了治疗老林怪病的方案。

老林的儿子找到一个当厂长的朋友，让这个工厂的工人轮流去看他父亲，并要提许多名贵的烟酒、水果、保健品等大礼盒去，隔三天一个，一切买东西及工人工资费用都由老林的儿子承担。

这一招果然奏效，可好景不长，一个月后老林的怪病又复发了，而且更加严重。

老林的老伴对儿子叹口气说："你爸的病怕是没指望了。"

儿子问："怎见得？"

老林的老伴又叹了一口气，对儿子说："你爸知道我们在骗他。"

儿子问："他怎会知道我们在骗他？"

"你爸说了，那么多人提上礼品看他，却没有人求他办事，这不正常啊！"

（胡爱林）

（题图：李　加）

多亏这条路

远山县公路年久失修，路况坏得出奇，路面到处坑坑洼洼，车辆行走在路上，就像在跳“蹦迪”一样。

这一天，公路管理站的吴站长在办公室刚坐下，白沟镇卫生院高院长就挂来电话说：“吴站长，不好啦，市公路巡检团的王局长来‘暗访公路’，在白沟镇附近被车子颠出了事，送进我们卫生院了！”吴站长一听，如五雷轰顶，赶忙叫来一辆三菱越野，马不停蹄往白沟镇赶去。

吴站长紧赶慢赶，来到白沟镇卫生院，他见王局长的秘书小曹正神色凝重地在手术室外来回踱步，就忐忑不安地凑过去：“曹秘书，王局长怎么了，是不是碰破了头皮？”

曹秘书白了吴站长一眼，说：“要是碰破一点头皮倒没什么。哼，比这严重多了！"

吴站长倒吸了一口冷气，瞪大双眼问道："那到底出了什么事啊？"

曹秘书鼻孔里"哼"了一声，没好气地说："我也不知道，反正一路上王局长被颠得脸色苍白，快到镇政府时，只听他一声惨叫，捂住小肚喊：'赶快上医院！'这不，来了！"

吴站长一听，糟糕：白沟镇公路是全县最坏的，路面上的坑坑洼洼比天上的星星还多。平时老百姓乘车磕破头皮，扭伤腰骨是常有的事。然而县里穷，没钱修路，上半年市里下拨一笔修路款却被挪作他用了，这次王局长来暗巡公路出这事，万一他有个三长两短的，那可是吃不了兜着走啊！

吴站长哆哆嗦嗦地站在曹秘书身旁，见曹秘书脸色难看，不敢多问，只好小心翼翼地在手术室外的一张长椅上坐下，提心吊胆地等着。他等啊等，约摸过了半个小时，只听手术室门"吱呀"一声推开，王局长由高院长搀扶着出现在眼前。他心里蓦地一惊，迎上前，可是没等他开口，王局长却主动向他打招呼道："啊呀，吴站长，你怎么来了？"

吴站长脸一红，低着头说："我……我……工作没做好！"

王局长摆摆手，在一名护士小姐刚搬过来的椅子上坐下，喝了一口院长递过来的热茶，说："唉，要说这路，我可是从来没见过那么差的路哇！颠得我喘不过气来呀！"

吴站长一听这话，更难堪了，支支吾吾地说："我我回去马上备料，马上修，保证三个月竣工！"

王局长眉头一拧，说："修？我看别急，留着说不定还有用呢！"

吴站长一听这话，心里打一个寒颤，他知道王局长平时说话风趣，是个爱正话反说的人，心想今天挨一顿训是免不了的了，只好厚着脸皮战战兢兢地说：“领导您别取笑，有什么指示请照直说，我一定照办。”

王局长耸耸肩，说：“取笑？我说的都是实话呀，今天这么一颠，可是解除了我多年的病痛啊！”

吴站长一听，瞪大双眼说：“领导，您……您这是开什么玩笑嘛。”

王局长轻轻呷了一口茶，朗声笑道：“你有所不知啊！我患肾结石多年，吃了几年的中草药，小的全打出来了，剩下一颗大的，十分顽固，一直不出来，哎哟，经常发作，痛得我直不起腰哇。现在可好，今天这么一颠，竟给颠出来了。有惊无险呐！”

这时，高院长从手术室拿着一只玻璃器皿出来，器皿中盛着一颗黄豆般大小的石子，异常兴奋地说：“是啊，是啊，太不可思议了！你看，这么大的一颗结石，不要动手术竟能下来，真是奇迹，奇迹！”他笑了笑，接着说，“我想，咱们这条路那上面的坑坑洼洼一定有什么规律性。你们观察过没有？基本上是：三个小坑，一个大坑；三个小坑，一个大坑……车子走在上面我想可能产生一种奇特的脉冲波，把石头给震出来！要是请科学家来研究研究，说不定还有重大发现呢……”吴站长听得如在云里雾里，惊得半天说不出话来。

这时，王局长看了看手表，站起身，拍了拍吴站长的肩膀，意味深长地说：“老弟，今天多亏了你这条路啊！刚才接到一个电话，叫我回市里开一个紧急会议，我要先赶回去，改日我得找个机会感谢你！”说着钻进院内停着的一辆小车，一溜烟走了。

吴站长追出门外，机械般地朝王局长挥一挥手，等小车跑出老远，这才发现自己浑身上下已是湿漉漉的一片了。他长长吐了一口气，也不知道这是好事还是坏事，心事重重地打道回府了。

第二天，吴站长有事下乡，车子刚驶出城门岔道口，却被一长溜车门印着“红十字”的越野车队挡住了去路，为首的一个小伙子大概认出了吴站长，跳下车走上前一把握着他的手说：“您就是吴站长吧，向你打听一件事：昨天王局长来你们县，走的是哪条路？”吴站长眉头一皱，说：“就走白沟镇这一条啊，怎么啦？”小伙子嘻嘻一笑说：“嘿嘿，太好了，今天由我带队，全市三个医院的肾结石患者都集中来了……”

小伙子话还没说完就匆匆坐上车，只见他往背后挥一挥手，一辆辆救护小越野卷着尘埃，朝右边小道呼啸而去。这时，吴站长蓦地回过神来，急得跺着脚对身边的工作人员说：“收费，收费！马上设卡收费！这是个资源，不能浪费了！”

（谢元清）

（题图：李　加）

礼多人不怪

大强最近找到了一份新工作，在区政府门口当保安。头一天上岗，他格外认真，笔直地站在门侧，见人就敬礼。

收发室的老刘踱到他旁边，笑眯眯地说："小伙子，你见人就敬礼，不怕累死呀？这样我教你一招：凡是叫我'刘师傅'的，那就是群众，不必敬礼，立正站好就行了；凡是叫我'老刘'的，那就是小领导了，礼可敬可不敬；凡是叫我'老刘头'的，那就是大领导，你一定要敬礼！"老刘在这儿干了几十年了，听他的应该没错！

正说着，刚好有人过来，花白头发，看起来德高望重的样子。大强刚想敬礼，却听老刘招呼道："张秘书，来啦。"张秘书弯着腰，客气地应道："刘师傅，早。"

刘师傅？大强想起老刘的嘱咐，胳膊就没有抬起来。等张秘书走远，大强不放心，问老刘："他这么大岁数，真的不是领导啊？"

老刘撇撇嘴，不屑地说："他官运不济，到现在还是副科级，你不必敬礼！"

接下来，大强依计而行，果然轻松多了，而且没出疏漏。

当天下午就有消息反馈过来：有关领导对新来的保安印象挺好，说素质不错，有礼貌。大强听后立马跑到收发室向老刘道谢，老刘摆摆手说："不用客气，等下班的时候，我们再如法炮制。"

下班时间到了，大院里的人陆陆续续往外走。老刘跟早晨一样，站在大强旁边送大家下班，嘴里热情地招呼着："小赵下班了。""王主任走好。""董局长再见！"对方也回应着："刘师傅，再见。""老刘，回见。""明儿见，老刘头。"大强根据他们的回应再做出反应，果然一个没错！

这时，一个熟悉的身影走了过来，正是早晨那位上了岁数的张秘书，大强知道：这人不必敬礼！没等老刘招呼，张秘书先开口了："再见啊！老刘头。"

大强一激灵：老刘头？这人不是早晨还叫刘师傅吗？怎么突然变了？到底要不要敬礼？犹豫间，张秘书已经迈着大步走了过去。

大强看看老刘，发现他也满脸诧异，看着张秘书的背影发呆呢。老刘狐疑地问："我没听错吧，他刚才叫我老刘头？"

大强点点头。老刘却摇摇头，表情懊恼："大强，你说我刚才对他的态度是不是不太礼貌？还有你咋忘了我的话呢？都听他叫我老刘头了，怎么不敬礼啊？"

大强委屈地说："早晨你不是说不必向他敬礼吗？"

老刘叹口气："这世道，计划赶不上变化啊。你要随机应变啊！看样子，张秘书今天准是高升了。你看他走路那样子……”

大强忙向张秘书离去的方向望去，虽然看到的已是小小的一个背影，但依然看得出他昂首阔步、意气风发的姿态，跟早晨那小心翼翼、唯唯诺诺的模样已经完全不同了。

大强感叹：这变化，也太快了吧？看来，保安这行当也不简单，以后要加倍小心，否则不知道哪天就下岗了！正在他胡思乱想之时，忽听有个女人的声音老远就在喊："老刘头……”看来是女领导，大强毫不犹豫，抖擞起精神，等她走近，并腿、收腹、挺胸，“咔”，一个敬礼。动作那叫一个漂亮！

那女人呆了，张大嘴巴，有些紧张地看着大强。老刘呵呵笑道："大强，这个不必敬礼，是我老太婆给我送饭来了！”

（辛春华）

（题图：包丰一）

真是急死人

全民健身日那天，局里举行跑步活动，全局上到局长、下到门卫，谁也不能请假。阿林的老婆快要生孩子了，他也只得硬着头皮参加。

开始跑了没多远，阿林忽然看见邻居黄大妈也站在路旁观看，看见他就拼命招手。阿林跑过去问她什么事，黄大妈大声说：“快往医院跑，你老婆肚子痛，刚刚送去了！”

阿林一听，又惊又喜，心说这下麻烦了，怎么这么巧？好在医院正好在队伍前进的方向，阿林心里着急，甩开两条长腿就往前冲。一眨眼的工夫，超过了一个又一个同事，从队伍的最后跑到了第一集团去。

正跑得起劲，阿林忽然感觉被人拽了一把，回头一看，孙副局长满脸怒气地瞪着他，压低嗓门喝道：“你想干什么？想拿冠军吗？”

阿林只得把脚步放慢下来，跟孙副局长解释说：“不是，我有事。”

“有事，你也不能这样跑，你第一天上班啊？”孙副局长不满地说着，冲前面一努嘴，“局长就在前面！”

阿林一愣，这才注意到前面有个肥胖的背影，光看那一团肉，阿林就知道那是局长无疑了。顿时，他额头上刷地冒出一层冷汗，刚才自己着急，光顾着跑，要不是孙副局长及时把他拦住，他就冲到局长前面去了。

迫不得已，阿林硬生生地把脚步收住，只得紧紧地跟在局长的屁股后面，跟局长始终保持着一步距离。

这可怎么办呢？阿林想悄悄地退出，然后绕路赶去医院。可局长一开始就宣布了纪律，不准中途开小差，谁开小差就是跟他过不去。他考虑来考虑去，实在下不了决心跟局长对着干。

既不能超越局长，又不敢开小差，阿林只能暗暗给局长加油鼓劲了，希望他跑快一点。可局长仍然慢腾腾地跑着，肥嘟嘟的屁股在阿林面前晃来晃去。阿林心里急出了火，真想一脚踹过去。

又跑了一会儿，孙副局长看出来了，阿林真有急事，就拉了他一把，问他到底有什么事。阿林心急火燎地说：“我老婆在医院要生孩子了！”

孙副局长眉头一皱：“你怎么不早说？”阿林哭丧着脸：“说了又能咋样？我总不能跑到局长前面去吧？”

孙副局长说：“你当然不能跑到局长前面，但你可以坐车超过局长。”说着把他拉出队伍，叫了一辆载客三轮车，让阿林坐上去。

阿林吃了一惊，有点迟疑：这也太出格了吧！孙副局长拍了拍他，说：“上去吧，我有办法，局长不会怪你的！”阿林一咬牙，跳了上去，三轮车很快超过了局长。

局长看见坐在三轮车里的阿林，吃惊地问：“那不是阿林吗？”孙副局长追上来说："不是阿林是谁，没跑几步就腿抽筋了，我叫他去医院看看。"

局长哈哈一笑："还是个年轻人呢，连我这么一把年纪的人都跑不过。看见了吧，这就是平时不注意锻炼的后果！"

（邓祖薪）

（题图：包丰一）

新年特赦令

今晚报警器不响

四年前，约翰和吉姆因为抢劫银行而被捕入狱，判了八年徒刑。一转眼，一半时间就要过去了。他们觉得，如果在监狱里再呆上四年，实在是太漫长了，于是，两个人合计着怎么越狱。终于，他们商量出了一个办法。

约翰和吉姆想法进了清洁队，然后贿赂了清洁队的队长，得到了打扫监狱长办公室的活。

监狱长是个足球迷，吉姆也是个足球迷，他边打扫边和监狱长侃足球，同时他的眼睛四处搜索着。终于，他看到了自己的目标，就在第三个橱柜里挂着主楼的备用钥匙。吉姆不动声色地用抹布将他需要的东西卷了进去，然后抓起扫帚。

很快，吉姆和约翰在大院的楼道上碰头了。吉姆说：“我拿到了我的宝贝，你呢？”

约翰笑道：“我也搞定了！今天夜里，报警器不会响了，这里的报警设备比银行的差远了！”

晚上八点钟，吉姆和约翰坐在他们的牢房里，听着楼道里一位看守的脚步声远去了，就悄悄打开锁，溜了出去，随手锁上了门。

两个人一路上避过几个看守，来到了地下室，那里有许多堆得高高的箱子，正好为他们提供了掩护。不久，一辆货车开了进来，那是给监狱送食物的车，狱警们从车上卸下供应给厨房的鲜肉、水果和蔬菜。

关键时刻到了，卸完货以后，货车朝着箱子倒开过来，当它倒得很近时，吉姆和约翰从他们的藏身处钻了出来，飞快地爬到货仓上，藏到最里面的角落里。没有人发现他们，一位警官锁上了后盖，车子开动了。

就这样，约翰和吉姆顺利地逃了出来，他们在一个空仓库里呆了一夜，想等天亮以后，搭别的货车继续逃走。

柳暗花明

黎明终于到了，车还没有来。约翰从地上抓起一份报纸，借着透进来的光线看着。忽然，他坐了起来，嚷嚷道：“嗨，州长计划在新年来一次特赦。”

吉姆笑着说：“那又怎样？我们反正已提前特赦了。”

约翰瞪圆了眼睛看着他的同伴：“你听我说，特赦令适合那些刑期在十年以下的囚犯，如果到12月31日，他们至少坐完了一半时间的牢，就可以获得特赦。”

吉姆的脸色也变了：“我们是在四年前的最后一天抢的银行，元旦前一天我们被抓进了牢里，我们的一半刑期正好在12月31日这一天结束。”

“妈的！”约翰气得跺脚道，“我们很快就正式自由了，为什么还要逃出来呢？他们会追我们追到死！要是被逮住了，我们就得额外再多坐几年牢！”

吉姆沉默不语。约翰又冲着他叫道：“都是你出的主意！这下好了，你想不出什么好主意了吧？”

吉姆突然抬起头来说：“约翰，我有一个办法，我们去找一家报社，就说我们根本不想逃跑，只是开个玩笑，让人们注意到监狱里的安全措施有多糟糕，引起他们的警惕。那样一来，我们就是英雄了，会得到舆论的保护，还可以出名呢！”

约翰也兴奋了起来，他怎么就没有想到呢？大门口那儿不就有一部电话吗？老天爷真是关照他们啊！

不到一个小时，两人就在报社大楼里受到了主编的亲自接待。对方准备了冷餐会，甚至还准备了香槟酒，记者们提了无数的问题，镁光灯在他们面前闪个不停，把他们的眼睛都给闪花了。

吉姆和约翰又吃又喝，快乐地过了一天。到了晚上，他们被一大群新闻记者们簇拥着，回到监狱门前。镁光灯再一次闪个不停，他们像英雄一样走向警卫。

第二天上午，他们被带进了监狱长的办公室。桌上有一张晨报特刊，上面登有他们的巨幅照片。

监狱长冷冷地说："先生们，请坐，你们可以引以为荣了，州长已经因为我的失职，解除了我的职务。"

吉姆和约翰互相看了一眼，想说点什么，可是监狱长做了个手势阻止了他们。

"同时检察院也认为，你们是最清白无辜的羔羊，因此，越狱不会给你们带来新的惩罚。"

吉姆故作惊讶地说："我们只是为了提醒监狱，要加强安全措施……"他说着，脸上却抑制不住笑意。

约翰也在一边附和道："对对对，我们是为了防止其他犯人越狱，我们本来就可以享受特赦，不用越狱的……"

监狱长轻蔑地看了他们一眼，继续道："先生们，不要耍小聪明了！我已经告诉检察院，本来到12月31日，你们刚好服完一半刑期，但昨天这次小小的郊游花了一天的时间，正由于少了这一天，你们特赦的条件没能达到，所以，你们不能获得特赦，你们的刑期还是八年。"

（肖　艳）

（题图：佐　夫）

电脑医生

一天，比尔觉得胳膊肘疼。朋友对他说："街那头有家药店，里面有一台可以诊断疾病的电脑，听说什么病都能治，而且收费比医院便宜。要不要去试试？"

比尔觉得新鲜，问："哦？电脑看病？是怎么个看法？"

朋友说："很简单，你只要带一小杯自己的尿，再往电脑里投 10 块钱就可以了。"

比尔虽然有点半信半疑，但还是决定去试一试。

他带了一小杯尿来到那家药店，果然看见一台电脑放在醒目的位置。比尔照朋友说的，把尿倒进一个和电脑相连的仪器，然后投了 10 块钱。

只见那台仪器上一排红红绿绿的灯闪了起来，过了一会儿，电脑发出滴滴的响声，一张打印好的纸条吐了出来。比尔拿起来一看，纸条上写着:“你的胳膊肘发炎了，用热水浸泡，不要提重物，过两个星期就好。”

比尔啧啧称奇：“这台电脑真能看病呀，比医生还灵光呢！”

晚上,他躺在床上翻来覆去睡不着,不断在想那台神奇的电脑。忽然，一个念头钻了出来：这台电脑真那么聪明吗？捉弄它一下会怎么样呢？

第二天一大早，比尔找了一个瓶子，往里面灌了一点自来水，掺了些狗尿,又偷偷把他女儿和妻子的尿也倒了进去。然后他来到那家药店，按照前一天的做法，把瓶里的混合液体倒进仪器，又投了10块钱。

那台仪器上红红绿绿的灯照样闪了起来，不一会儿，电脑发出滴滴的响声，最后，一张打印好的纸条吐了出来。比尔迫不及待地拿起纸条，只见上面写着:"你家自来水管混进了垃圾，需要清洗；你家狗肚子里有蛔虫，最好给它吃一点维生素；你的女儿服用可卡因已经一年了，快送她去戒毒所；你的妻子又怀了孕，不过孩子不是你的，所以你快找一个律师准备离婚。最后，要是你再不用热水浸泡，你的胳膊肘永远都好不了！"

（小　民）

（题图：李　加）

众生·变形记

zhongsheng bianxingji

社会之所以多元，是因为承载着众生的百态，重整脚下的方寸，是每个人不会变形的基础。

败给了一头驴

陈老三是村里的小混混，他贪图小利，嗜赌成性。这天，陈老三打麻将输得身无分文，回家路上，他肚子饿得“咕噜咕噜”直叫唤，陈老三那六十多岁的老母亲就住在附近，可他却不敢去讨碗饭吃。几年前，陈老三担心体弱多病的老母亲将来会成为他的累赘，硬是狠心地将她扫地出门，害得她租了个破房子，靠捡破烂度日，现在他哪有脸去见老母亲呀！

陈老三正走着，无意中远远望见北山坡上有头毛驴，他就动了歪心眼：俗话说“天上的龙肉，地上的驴肉”，要是把这头毛驴搞到手，弄到县城驴肉馆里，就能弄到一大笔钱，也好解一下燃眉之急呀！

主意一打定，陈老三顾不上饥肠辘辘，一鼓作气爬到了北山坡。

这是一头母驴，个头挺大，低垂着头，悠然自得地啃着地上的青草。陈老三认出来了，这是镇上徐老六家的驴，陈老三和徐老六有过节：两个月前，陈老三向徐老六借了五十块钱，一直赖着不还，徐老六当众羞辱过陈老三，为这事，陈老三一直怀恨在心，偷他的驴，算他倒霉。

陈老三不敢贸然动手，他四下一张望，咧开大嘴差点没笑出声来：眼下那徐老六正躺在自家地边的草地上，头上盖个破草帽，呼呼大睡呢，身边有一个空酒瓶子，还有几个装菜的塑料袋子，看样子徐老六一瓶酒喝下后，正酣然入梦了呢！

于是，陈老三放下心来，壮着胆子，解开了拴在树上的绳子，牵绳拉驴，可那驴条件反射似的往后挣扎着，陈老三再一拽，它就顺从地跟着陈老三走了。

陈老三怕被人发现，不敢走正路，他将驴牵到对面南山上，急急忙忙地顺着羊肠小路往山上走了，如果翻过山头下了山坡，那就是通往县城的公路，骑着驴进城用不上一个小时。

陈老三牵着母驴往山上走，半个小时过后，他累得气喘吁吁、一身臭汗，那头驴却傻乎乎地跟在他身后走得挺欢实，温顺得像头老绵羊，不知底细的，还以为陈老三是它的主人。

陈老三见母驴那傻样，不禁笑骂道："怪不得人们都说'笨得像头驴'，驴呀驴，你可真够蠢的！"

眼看着就要到山顶了，陈老三累得实在走不动了，他一屁股坐在地上歇息起来。

过了一会儿，他看了看手表：两点半，从他下手偷驴到现在已经一个小时了，用不了多少时间，这钱马上就要到手了，想到这里，陈老三禁不住得意地笑了起来。可就在这时，母驴突然变得焦躁不安，它四蹄刨地，嘴里发出一阵阵嘶叫声。

陈老三正在觉得奇怪，又见那母驴在原地转了几圈后，突然往山下跑去，陈老三大惊，大声呵斥起驴子来:“蠢驴，你往哪跑？给我回来！”

为了保险起见，陈老三把牵驴的绳子缠在自己的手腕子上，攥得死死的。母驴不理会陈老三，还是一个劲地往山下冲，竟把陈老三拽着跑了几米。

陈老三火了，拾起地上一根树枝，照着驴子的屁股狠狠抽了几下，骂道：“笨驴，蠢驴！不想活命了？还不到时辰呢！”

母驴被激怒了，“咴咴”地叫着，冷不防一扬蹄子，踢在陈老三的膝盖骨上，陈老三“哎哟”一声惨叫，扑倒在地上。

母驴力气可真够大的，它竟然拖着陈老三往山下跑去，陈老三手腕子上系着绳子，解也解不开，就这么被母驴拖着，跌跌撞撞地跟着跑。他脸色惨白，心跳得快要蹦出喉咙口了，他这个后悔呀：我偷什么驴呀，我这老命都快保不住了哟……

上山是陈老三牵着驴，下山却是驴牵着陈老三，总算跑下了山，这时，一个人正在公路旁东张西望，那人正是徐老六，他发现驴没了，东寻西找来到了这里，此刻，徐老六见自家的母驴牵着一个人从山上跑下来，十分危险，便大声喝令驴子停下，可那驴连主人的话也不听了，还是一路狂奔。

陈老三实在坚持不住了，他倒在地上，嚎叫道：“老徐大哥，快快救我……”

徐老六手上有一把镰刀，他眼疾手快，挥刀砍向绳子，绳子“啪”地断了，可驴子仍然往前冲去……

陈老三趴在地上，痛苦地呻吟着，徐老六横眉怒目地叫道：“该死的陈老三，你偷我家的驴了吧？这是自作自受，活该！”

陈老三哭哭咧咧地说：“真是邪门了，这驴好好的，怎么突然疯成这样了？”

“告诉你，这是一头正在哺乳的驴，每天下午两点半，是母驴给它的驴崽子喂奶的时间，一到这个时间，母驴的心里只有自己的崽子。”说到这里，徐老六用手一指，说，“陈老三，你看……”

陈老三顺着徐老六指的方向看去，果然看到那头母驴已经跑回了家，它正站在徐老六家院子里，它的肚皮下，一头小毛驴正在吃奶。母驴显得很温顺，很安静，不时伸出舌头，爱怜地舔着驴崽子的屁股。

陈老三的头一下子耷拉了下去，因为他刚才同时看到了徐家院子东侧的山脚下，有着一个孤零零的破屋子……

（李雪涛）

（题图：谭海彦）

你的眼泪合格吗

有感而流的眼泪

化学研究所的刘博士经过十几年的研究，从眼泪中提炼出一种独特的物质，对治疗精神疾病有着奇特的疗效。永康制药公司的孙经理得到消息后，不惜花重金买下了配方的专利权，打算大量生产这种药投放市场。研究所的刘博士虽然将自己的科研成果卖了个好价钱，可还是不放心，他对孙经理说："配方我敢打保票，一准是精神病患者的福音，可你哪有这么多眼泪来提炼呢? 我做了十几年研究，也只收集了不到 200 克眼泪呀! "

孙经理却说，龙肝凤脑弄不来，人的眼泪还怕收购不到啊，不是有句诗叫“泪飞顿作倾盆雨”吗？您瞧好了，没准到时候收购来的泪水要用游泳池装呢。刘博士是个实在人，他想，真要有这么多眼泪，都可以治愈全世界的精神病人了，还真是一件天大的好事。

孙经理买配方的时候，刘博士给他讲了，眼泪的形成分基本型、反射型、情感型三种，能制药的只有情感型的眼泪，其他眼泪没什么用，跟清水一样，提炼不出那种独特的物质。为了保证孙经理收购到真正的情感型的眼泪，刘博士还专门为他配备了检验眼泪的试纸。

孙经理说干就干，不几天工夫，就铺天盖地打出了广告，一句“有泪不轻弹，滴滴赛黄金”的广告词在电视上滚动播出，不到三天，人人都知道了，原来自己的眼泪竟比金子还值钱！可不少人都忽略了广告下面的一行小字提示：本公司只收购有感而流的眼泪。

开始收购那天，公司门口人山人海，除了卖眼泪的，大多数人是来看热闹的，他们要亲眼看看，眼泪是不是真能卖出比金子还高的价钱来。

孙经理拿着试纸亲自把关，可第一个卖眼泪的就令他失望，试纸放进泪水里一分钟了还没变颜色。孙经理望着卖眼泪的女人那红红的眼睛，问了句：“用辣椒熏出来的吧？”没等她回答，就开始了对下一个人的收购。这是一个男人，他一上来孙经理就闻到了一股浓浓的万金油味，孙经理的试纸插进泪水，果然没反应，他对男人笑了笑，说：“你的眼睛被万金油弄伤了可与本公司无关哟。”

就这样检验了几十个人，竟无一滴眼泪合格，孙经理也有些急了。当他又宣布一个带着孩子的女人眼泪不合格时，这女人竟一下跪在了他面前，向他求起情来。孙经理是见过世面的，他很冷静，指指身后的告示说：“大嫂，我们是制药公司，原料不合格，就是害病人，假如您家有病人，您还能相信我们公司吗？”谁知他这一句“病人”的话，竟触到了这女人的痛处，她呜呜地哭了起来，眼泪像断了线的珍珠滚落。

原来，女人的丈夫下岗后得了重病，没钱治，躺在床上奄奄一息。孙经理听了也爱莫能助，谁知这女人带来的孩子很懂事，见妈妈哭得凶，竟用塑胶袋将妈妈的眼泪全接了下来，默默地递给了孙经理。孙经理把试纸放进去一验，奇迹出现了，试纸马上变成了红色。在场的人都“啊”了一声，孙经理二话不说，按电子天平称出的重量，数了2400元钱给这女人。

在场的人顿时轰动了：原来这事没假，眼泪硬是比金子还贵呀！热闹归热闹，可送来的泪水百分之九十九点九都不合格，特别有一个专门哭丧的班子，男男女女十几个人来大哭了一阵，那真是哭得泪流满面、泪如泉涌，可是没有一滴泪水合格，临走那班头气得直跺脚。不过，孙经理却受到了启发，他想，最悲伤的事莫过于失去亲人，何不到殡仪馆开追悼会的告别厅去设个点？

第二天，孙经理派了一位副经理带人去殡仪馆收购眼泪，他们在告别大厅守了一天，晚上回来却一个个垂头丧气。孙经理问怎么回事，副经理摇摇头，说真是一言难尽哪。原来，今天举行告别仪式的倒有好几家，可是那些趴在遗体边痛哭的人说什么也不让收集眼泪，副经理还差点挨了一拳头。一些跟在后边哭哭啼啼的人倒是同意他们收集眼泪，可不知怎么的，又大多不合格。听到这里，孙经理笑了起来，说：“我们老家对哭丧有个比喻，说是儿子哭娘惊天动地，女儿哭娘呼天抢地，媳妇哭娘假心假意，女婿哭娘是叫驴子放屁，你们收集的，大概都是媳妇和女婿的眼泪吧。”

副经理一听，笑了笑说：“别说，自从我们收购眼泪以来，还真有故事可讲。我听说有小两口，因为男的养二奶吵架，男人跪着一把鼻涕一把泪地向女的求情，保证与二奶断绝关系，女人却说，我也不知你是真哭还是假哭，你要去眼泪收购站验了才算数。还有两口子闹离婚，女的哭自己命苦，嫁了个陈世美，男的好心好意用纸巾为她抹泪，她却骂男人破财鬼，这一抹，抹掉了她千把块钱哩。”

就这样，眼泪收购的工作始终没什么起色。

这天，一个年轻漂亮的女子怯生生来到了收购部，拿出了一个输血专用袋，孙经理一看，起码有 100 多克眼泪。孙经理一边漫不经心地放入试纸，一边想，爹娘一起死了也流不了这么多泪，不知又是哪弄来的水货。可是，当他看到试纸变得像玫瑰一样红的时候，不由惊呆了，这可是到目前为止收购得最多的一次啊。

过了电子天平，孙经理将好几万元钱码到女子面前，问她怎么有这么多合格的眼泪，这女子只是抿着嘴笑，也不回答。当她拎着钱飘然而去后，孙经理忙叫了个员工跟去，他想弄清楚这女子为什么能一下弄到这么多合格的眼泪。一会儿这员工回来了，笑嘻嘻地告诉孙经理，这女子走进了一家幼儿园，好像是个老师。孙经理一听，猛拍自己的脑袋，自己怎么就没想到这一层，娃娃哪有不哭的，而且娃娃也不会假哭啊。

有了这个新方向，第二天，孙经理就将员工分派到了各个幼儿园去收购儿童的眼泪。这步棋还真走对了，没几天收购量就直线上升。可是，孙经理没高兴几天就发现了问题：有的老师为了让幼儿多哭，好多卖幼儿的眼泪，竟掐幼儿的屁股。家长知道后，到主管部门告状，部门领导看到孩子红肿的屁股，气坏了，当即下了一条禁令：幼儿园不准卖眼泪。孙经理一听，头都大了，他原本指望可以开始试生产了，这下不知又要等到猴年马月了。

另辟蹊径的试纸

晚上，孙经理来到情人小燕家里，这段时间他忙于收购眼泪，好几天没来，小燕一见面就不高兴，问他是不是又看上了别的漂亮女人。孙经理刚想解释，转眼却生了个主意，他说自己没来，是因为最近体检查出了癌症。小燕一听，就扑到他怀里哭了起来，就在她哭得悲痛欲绝之时，孙经理却“噗嗤”一笑，说：“我骗你的。”小燕气得用粉拳连连捶他：“你坏你坏！”

回家后，孙经理干脆对老婆也说自己得了癌症，他想看看老婆的反应。老婆怔了好一会，一把扶住了他，将他扶到沙发上坐好，轻声说：“听说你在外包情人，我懒得理你，可你也不该生我的闷气呀，现在倒把自己的身体……”说着，一颗颗豆大的泪珠滚落下来。孙经理笑着说自己是骗她的，老婆一听，却猛地将他一搡，差点掀他个跟头，扭头走了。

孙经理回到自己的房间，将悄悄从小燕和老婆那里取到的眼泪拿出来，分别滴到试纸上，蘸着老婆眼泪的试纸已经变红，而小燕的眼泪却一点反应也没有，孙经理心里一动，又有了新主意。

第二天，孙经理匆匆赶到化学研究所找到刘博士，刘博士一见到孙经理就说：“怎么样，眼泪不好收吧，不过告诉你个好消息，我们正在想办法研究人工合成，一旦成功，优先转让给你。”

孙经理说：“好是好，可那是以后的事，我今天来是想告诉您，检验眼泪的试纸不够了，我们想自己生产，行不行？”刘博士说：“可以呀，试纸的制造方法很简单，既然孙经理买了配方，试纸的制造方法我就免费送你了。”

一个月后，孙经理又在媒体上发起一轮新的“轰炸”，这次的广告词是：亲情可以验证，爱情更需检验，你的眼泪合格吗？原来，孙经理到底有生意人的头脑，他见眼泪难买，就给眼泪试纸起了个别致的名字，叫“情鉴”，作为一种新产品推向市场。别说，新产品上市后还销得蛮红火呢。可就一样不好，现在人们都不敢在别人面前随便流眼泪了，谁知对方手里有没有“情鉴”这玩意儿呢？

（谭必久）

（题图：刘斌昆）

计谋

秘书小张跟着王乡长到下面检查工作。时近正午，天气又热，两个人走得口干舌燥，可沿途就是见不到一个卖茶水的。正当难忍之时，他们发现路边有一块西瓜地，于是便走了过去。

满地大大小小的西瓜散发着一股诱人的香味。小张看看四周，除了他和王乡长，再没有别人，于是他迅速摘了两个大西瓜，抱在怀里，径直走到瓜地中央的凉棚下，招呼王乡长道："乡长，快过来解解渴！"

王乡长跟着进了凉棚，但是他没有接瓜，他先看了看四周，然后从口袋里掏出纸和笔，"沙沙沙"写了起来。小张很好奇，写什么呢？凑过头去一看：

农民兄弟：

你好！我们是过路人，因为口渴，摘了你的两个西瓜吃。为了不损害群众利益，特留下十元作为买瓜钱，请你收下。

谢谢！

过路人

×年×月×日

只见王乡长写好纸条，便从衣袋里掏出钱包，抽出十元钱，又随手从地上拾了一根草，将纸条和十元钱一起系在凉棚的撑柱上，非常显眼。

对照王乡长这一系列的动作，小张简直感到无地自容，幸亏王乡长倒是没拿他当回事，捧起西瓜一敲两半，大口大口吃了起来，他才宽下心来。

吃完西瓜后，王乡长拍了拍胀鼓鼓的肚子，四下里一看，自言自语道："没有人吧！"边说边就动手去解那系在凉棚上的纸条和十元钱。他把钱塞进口袋，又将纸条撕成了碎片。

"乡长，你这是……"小张疑惑不解地看着他。

"你真是一个死脑筋！"王乡长点了点小张的额头，"我刚才是担心吃西瓜时正好遇着种瓜的来，现在既然吃完了，还是没有人来，这十元钱当然要收回了。"王乡长得意洋洋地回答。

（颜　芳）

（题图：李　加）

拆架子

经过一年多的建设，规模宏大的汾江大桥终于修建成功，现在，只剩最后一道工序——拆除脚手架。

工程指挥部总指挥江大山决定在拆除脚手架后，马上举行竣工典礼。他请来省市有关领导，各相关部门和兄弟单位的负责人，还有省市电视台的记者，准备隆重庆祝一番，把这个庄严时刻送上电视荧屏，载入全省路桥建设的史册。

没想到，这时出了件意想不到的事：在场的民工没有一个人愿意上桥，拆除搭在上面的脚手架。

江大山马上把施工单位的项目经理杨小伟喊来，问到底咋回事。

杨小伟支支吾吾地说：“前几天，湖南垮掉了一座桥……”

江大山一听，眉头立时皱了起来。前不久，湖南省凤凰县有座刚建好的大桥在拆除脚手架时突然垮塌，当场压死好几十个人。江大山粗着嗓子说："汾江大桥的建设是高质量的，安全是有保证的嘛！"

杨小伟说："这些我都跟他们解释了，可没一个人听得进，谁也不愿意上桥拆脚手架。"

江大山马上召集建设和施工单位的管理人员开会，会开了半天，大家讨论来讨论去，谁也没说出一个好法子。最后，还是建设单位的财务部长想出个点子，说："给所有拆架子的民工每人买50万元人身保险，解除他们的后顾之忧。"江大山觉得这个办法可行，当即拍板实施。

杨小伟把买50万元人身保险的方案回去对民工一说，大家还是无动于衷，好说歹说，总算有十来个民工同意上去拆架子，他连忙把这个情况向江大山汇报，江大山总算松了一口气。

这时，保险公司的人也到了指挥部，这个人看了看被脚手架围得密密实实的汾江大桥，又拿出张报纸，把湖南凤凰垮桥的新闻拿出来仔细看了几遍，摇了摇头，对江大山说："这笔业务有点问题，我得向领导请示。"说完，他跑出指挥部，掏出手机，跑到一个角落打起电话。过了好一会，他打完电话回来，说："对不起，我们公司老总指示我放弃这笔单子，他说这样的保险他不敢卖……"说完，他拎起包，一溜烟地跑了。

江大山急了，转身问杨小伟："你给我说老实话，汾江大桥的质量是不是真的没问题？"

杨小伟刚说了声"当然没问题"，忽然又打住，说："要不，我让监理公司的总监跟你说说？"

监理公司的总监接到通知马上赶过来，说："质量应该是没问题的，要不，让检测工程师来跟你说说？"

检测工程师接到通知也来了，他翻了翻带来的施工日志，说：“这些石头都是那些民工自己一块块垒上去的，钢筋是他们一根根绑上去的，水泥也是他们一点点浇起来的，工程有没有质量问题，难道那些工人自己心里没数？”

杨小伟马上找来包工头，问：“你带的队伍，你们自己干的活儿，难道不知道质量有没有问题？”

包工头一听就急了，忙说：“他们不肯上去拆架子，并不是冲着质量去的，说穿了就是为了几个钱。你要是不信，给他们发双倍工资，包准一个个都像猴子一样蹿上去……”

杨小伟手一挥，大咧咧地说：“钱不是问题，只要肯上桥拆架子，每人发200元！”

包工头连忙回去告诉手下的民工，还是没几个民工同意上桥拆架子。杨小伟只好加到300元，但这群民工没人作声，加到400元，也没人上桥。杨小伟心一横，牙一咬，喊道：“谁愿意上桥拆架子，我给他1000元奖励！”

没想到他这一嗓子更坏事了，前面那些原先答应上桥拆架子的民工全不愿意上桥了。他们说：“不就拆个架子吗？你怎么发这么多钱？这不明摆着是大桥有质量问题吗？”

这时，一个叫“智多星”的人开口了，他说：“我倒是有个办法。”

“什么办法？”“智多星”说：“工钱还是原来的工钱，也不需另外买保险。只要让在场的所有领导全部上桥，现场指导，这架子一会就能拆下来！”

检测工程师第一个反对：“拆架子不属于质检范围，只需管安全的上桥指导。”

管安全的是建设单位项目部的厨师，正在忙着洗菜煮饭，为竣工典礼做准备，哪有工夫上桥指导拆架子！

江大山一看不能拖了，又说：“既然管安全的不能来，那就由项目经理代替吧！”

领导开了口，杨小伟没办法了，他低着头，说：“好吧，等……等一下，我打个电话。”说完，他拿着手机躲到一边，给妻子拨了个电话，告诉妻子家里的存折放在什么地方，密码是多少。

打完电话，杨小伟爬上汾江大桥，站在桥上看着大家。电视台的摄像师一看，连忙扛着摄像机跟上去，江大山一看，关键时刻他这个当指挥长的也该露把脸，也给家里打了个电话，上了桥。下面的民工见两位领导都上了桥，不好意思再窝着，一个个戴好安全帽，跟在后面上了桥。

桥上的脚手架一根一根地被拆下来，不多一会就拆了一大半，突然，一个人扯着嗓门儿大喊了一声：“小心呀——”

这一声大喊特别刺耳，让整个工地顿时乱成了一锅粥，江大山和杨小伟也慌得把手上的扳手一扔，撒开脚丫子，没命地往桥下跑，一直跑出去好远，才喘着粗气停下来，回过头一看，汾江大桥还好好地立在那里，天上却下起了雨，那个好心的大嗓门儿还在扯着喉咙继续大喊——“小心呀——下雨了——当心滑倒呀！”

（湛鹤霞）

（题图：魏忠善）

十二级半台阶

有个人叫胡一民。这一年，他所在的局班子调整，一名正局、四名副局五个位子，要经过三次考试合格后才能任职，第一次考民意测验，这是基础；第二次考业务知识，这是重中之重；第三次面试，上级领导当面提问题。

胡一民过五关斩六将，现在只剩最后一次面试了。面试这天，胡一民和其他九个参加面试的先后来到了考场，过了一会儿，只听上级派来的主考官大声宣布："这最后的一次面试，只出一个问题，你们当中谁能回答出这个问题，就能获得高分。"

胡一民和其他面试者都盼望着主考官快点出题，考场上鸦雀无声，只听主考官说："我现在出题了，请问，你们机关大楼一到二楼的台阶一共是多少级，请回答。”

考场内一下子沉默了，十个面试者你看看我，我看看你，都大眼瞪小眼了。这时，主考官说：“这个问题看似轻松，其实沉重；看似简单，其实复杂；看似刁钻古怪，其实非常朴实。你们在这个局工作少说也有十年了，连这个简单的问题都答不出，说明你们太粗心了，一个人心不细，怎么能看出工作中的细微问题？发现不了问题，怎么能解决问题？不解决问题，那么你的工作做好了吗？做不好工作，你能胜任局长职位吗？”

主考官这么一说，参加面试的人硬着头皮开始回答了，有人说是八级，有人说是十级，还有人说九级，这些答案都被主考官否定了，于是会场又静默了。这时，有人说：“主考官，你这个问题只有咱们局的清洁工才能回答，我们这些人天天考虑工作，哪有心思放在数楼梯台阶上？”

主考官听了，笑了笑说：“那好，咱们就请清洁工上台来回答。”工作人员叫来了清洁工，那清洁工上台后面红耳赤地说：“我说实话，我干了这么些年清洁工，可……可还真说不上这楼里的台阶到底有多少级。”

主考官让那个窘迫的清洁工离开了考场，他说：“她这个清洁工答不上这个问题没关系，因为这不影响她的清洁工作，但是你们当干部的说不上这个答案，这就和你们的工作有关了！现在我再最后问一遍，你们当中有没有能回答这个问题的？如果没有，今天的考试就结束了！”

主考官话音刚落，胡一民站了起来，他说：“我能回答，从一楼到二楼的台阶一共是十二级半。”

怎么会是十二级半呢？大家都不相信，半截台阶是从哪里冒出来的呀？主考官马上派人去验证，果真分毫不差，的确有个外观看起来不太明显的半截台阶！会场上顿时响起了热烈的掌声，接着，有人问胡一民是怎么记住这个台阶数字的。胡一民说，有一年大年三十，大家都回家过年了，他见清洁工还在楼梯上忙活，就让她回家，他帮着把楼梯擦完，就是那天，他才发现局里一到二楼的台阶是十二级半。

胡一民讲完，会场里又响起了热烈的掌声，看来，局长的位子一定是胡一民的了。不料，过了几天，到了正式宣布的时候，当局长的却不是胡一民，而是另外一个人，胡一民百思不得其解，于是就想去找上级领导问问情况。到了市里，进了机关大楼一打听，才知道上次来主持考试的主考官已经被双规了。

胡一民垂头丧气地走回家中，妻子安慰他说："今年没选上，明年再考，没什么大不了的！"

胡一民苦笑着说："我的傻老婆呀，为了这次考试，我给主考官送了12万元人民币，他这才帮我，出了这么个怪题，连那个清洁工我还给了她五千，她才帮我在考场上演戏。十二级半台阶，一个台阶一万元呀！"

（王宝伦）

（题图：安玉民）

倒不掉的楼

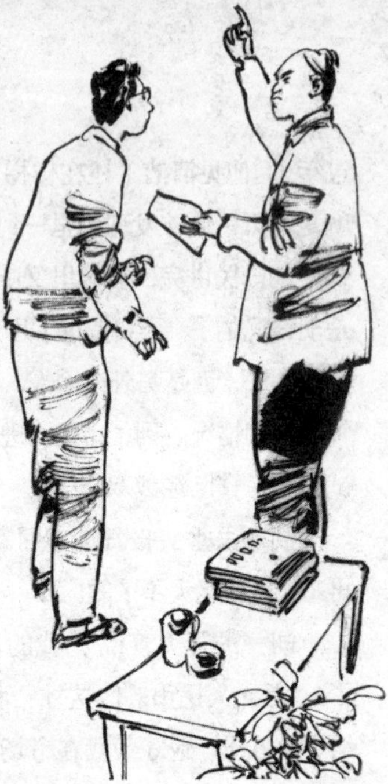

拆不了

小海大学毕业几年后，来到一个镇上工作，镇长封了个城建站站长给他。小海第一次在自己姓名后面挂个“长”字，不禁暗下决心，一定要把工作干好。

来了几天，小海头一回到市场买菜。他走到刚落成不久的新市场大门前，一下子怔住了。只见宽敞的市场入口处，莫名其妙地矗立着一座旧楼，硬生生地把好端端的大路隔成了两边，行人和车辆只好小心翼翼地从两边通过。

那座楼看上去很破，四面墙壁只剩下了三面，而且千疮百孔，四根柱子也只剩下两根勉强支撑着，整座楼摇摇欲坠，不时发出吱呀吱呀的声音，仿佛随时都有可能倒下来。再看出入市场的居民，经过旧楼时，无不绕得远远的，一边惊恐地盯着旧楼，一边加快速度跑过去。小海纳闷透了，弄不明白为啥要留着这座旧楼。

趁买菜时，小海好奇地向菜农打听。菜农一听他问起这个，似乎就来气了，瓮声瓮气地说："这是我们镇的'楼坚强'，十年前就该拆了。你别看它一口气就能吹倒似的，它可是硬挺了十几年而不倒，邪门透顶了！"

小海不禁咋舌，接着问道："怎么就不拆了它呢？多危险哪！"

菜农瞪起眼："谁拆呀？政府都不敢拆，谁敢动？这鬼楼的主人狮子大开口，要政府给他五百万拆迁补偿费！换了三任书记镇长，就是拆不了这鬼楼！镇里的人，全都是吃干饭的！"

小海不由得脸一红，匆匆走了。回去愤愤地一想，这事儿正是自己该管的，新官上任三把火，我就拿它当第一把火吧！

小海向人打听清楚了"楼坚强"的主人，就一个人去了。这主人是个算命先生，大名老仙。一听小海说明来意，老仙呵呵一笑，什么也不说，冲他亮起五根手指一晃。他儿子在一旁作旁白："拿五百万来，我们自己动手拆。少一分，免谈！镇长书记来了，也是这句话。"

小海急了，说道："大叔，您那楼实在太危险了呀，说不定哪天倒下来，砸着人，那就麻烦了……"

"住嘴！"老仙突然脸色一变，勃然大怒，一指门口喝道，"你们不动，我的楼绝对不可能自个儿倒下来，你信不信？你给我滚！"

第一次交锋，小海灰溜溜地败下阵来。他气得头顶都冒了烟，这家人实在太不讲理了，而且态度嚣张至极，别说他一个小小的站长，连镇长书记竟然也不放在眼里。对付这样的人，除了强制执行，没有第二条路可走。

小海立马找到镇长，跟他提到了这件事，并态度坚决地要求强制拆除旧楼。

镇长听完他的慷慨陈辞，一言不发，脸色铁青地抽了支烟，清了清嗓子道：“这是前三任留下的老问题了，前三任都拆不了，我又不是孙悟空，没有办法呀！”

小海没料到镇长会是这样消极的态度，愣住了。镇长叹了口气，意味深长地说：“你还嫩着呢，三任镇长书记都拆不了的楼，你不想想为什么？”

“为什么？”小海还真是不太明白，愣愣地望着镇长。

镇长似乎有点不耐烦了，指了指天花板：“人家上面有人哪！”

镇长把话说到这份上，小海就是再傻也明白了。怪不得，那老头那么不可一世。他呆了半晌，怔怔地问：“那……这楼……实在太让人担心了呀。”

镇长吐了一口气：“等着吧，让它自个儿倒。”

倒不掉

小海有苦说不出，感觉自己真是两头受气。他也渐渐明白了，镇长让他当这个城建站长，原来是让他当镇里的挡箭牌。

这么一来，小海更是恨死那座“楼坚强”了，天天晚上睡觉，他都梦见一早起来，发现“楼坚强”已经倒了。可那楼实在邪门，就好像人明明已经死了，却还站得稳稳的一样。

这天，有一股强台风刮到了镇上。小海兴奋极了，他特意冒着大风跑到市场，一看那楼在狂风暴雨中不住地颤抖着，好像竹子一般在半空扭来扭去。小海心中大喝一声：吹得好！嘴也不知不觉鼓了起来，拼命向楼吹去，仿佛能助狂风一臂之力似的。

可小海吹得腮帮子都疼了，“楼坚强”依旧在大风大雨中屹立不倒。有好几次都被风吹歪了一半，可它却像个武林高手一样，硬是又挺了过来。小海简直不敢相信这一幕，心里直叫见鬼，真怀疑这楼是不是被老仙施了法术。

强台风很快过去了，“楼坚强”又英姿焕发地挺立在市场入口正中央，除了吹落几块瓦片，它居然又躲过了一劫。

过了几天，小海在办公室里忽然听到一个消息，说是市场那儿发生了车祸，一辆越野车撞到了“楼坚强”。小海一听，喜不自禁地连连叫道：“老天爷开眼啊！”拔腿就向市场跑去。

到了那儿一瞧，小海不禁大失所望，“楼坚强”还站着呢。车子就撞塌了楼的一面墙和一根柱子，司机却被砸得头破血流。

市场里的人都目瞪口呆地盯着“楼坚强”。它现在就像一个独腿的老人，而且受了重伤，还失去了一根支撑的拐杖。可它依旧岿然不动，竟然只靠一根柱子和两面墙挺了过来。真是太不可思议了，难道被某种神灵附体了？

镇长也到现场看了，处理完交通事故之后，为了防止发生意外，命人在“楼坚强”周围拉起了警戒线，不让人靠近它。

人倒了

这事才过了两天，小海去市场买菜时，在入口处碰见了那个算命老仙的儿子小仙。他马上把脸别开，没想到小仙存心要戏弄他，阴阳怪气地问："站长，那天我爸让你拿五百万来，怎么没见你来呀？"

小海年轻，血气方刚，闻言大怒道："你们别得意，你最好叫你老爸尽早拆了，要不然，它自个倒了，你们一分钱也拿不到。"

"放屁！"小仙怒气冲冲地嚷道，"就是你死了，我家的楼也不会倒！"

小海讽刺道："你别吹牛皮，说不定哪天，我就是打个喷嚏，也能把它打塌了！"话音刚落，他忽然觉得鼻子痒痒的，忍不住"阿嚏"一声，打了个大大的喷嚏。

这时，奇迹出现了。随着小海的一声喷嚏，面前的"楼坚强"轰的一声，凭空倒了下来，而且倒得干净彻底，原来的地方只剩一堆碎砖烂瓦。

小海和小仙都是大吃一惊。呆了半晌，小仙一把揪住小海的衣服："五百万！你得赔我！"

小海又惊又喜，辩解道："不关我的事，我只是打了个喷嚏。"小仙哪里肯饶过他，抓住他直嚷赔偿。

不一会儿，"楼坚强"周围就围了个水泄不通，大家纷纷拍手叫好，有人甚至还放起了鞭炮。

小仙赶紧打了个电话报告老爸。几分钟后，老仙赶来了，他拨开人群，两眼直直地瞪着地上的一堆碎砖，脸色煞白，两手颤抖，像被人点了穴一般，久久不动。

小仙指着小海说："爸，就是他打喷嚏震倒楼的。"

老仙像没听见一样，瞧也不瞧他们一眼，突然两腿一阵激烈的颤抖，不由自主地跪在烂泥上，捧起一堆碎砖，眼泪刷地流了下来。

小仙疑惑不已地问："爸，你咋啦？你倒是说话呀！楼倒了，补偿费还是一分不能少！"

老仙不理不睬，嘴中喃喃自语："完了，完了……我早知道会出事，果然……”

这时，镇长率领着镇干部们到了现场，看了看“楼坚强”的“尸体”，脸上露出了微笑。

老仙猛地回过神来，爬起来向镇长走去，摸出一包烟，毕恭毕敬地给镇长递上。镇长摇摇头，说了句不会。

老仙脸上堆着笑，尴尬地说道：“镇长，您看，楼倒了也好，倒少了一笔工钱，那个拆迁款……五百万，那是我们说笑的，怎么可能呢？有个几十万，我看就很合情合理了。”

镇长沉吟不答。老仙一看有些发慌：“当初定的是十万，照这个数其实也不错了。”

镇长淡淡地说:“这个以后你到镇里再说。”老仙连连点头:“是，是。”

小仙在旁边一听，不干了，冲上去喝道：“爸，你是不是老糊涂了？当初十万，现在还要十万，你疯了呀？你是不是怕他们这些人了？一个镇长有什么了不起的！爸，五百万，一分也不能少！”

“你给老子闭嘴！”老仙愤怒地扭头冲儿子吼道，“你懂个屁！”

镇长嘿嘿一笑，神色自若，指了指那堆碎砖烂瓦，命令老仙：“你们负责把这堆东西清理掉，拆迁款的事，才好说话。”

老仙怔了怔，接着“啪”的一个立正：“是，请镇长放心，我们一家保证完成任务！”转头对儿子命令道，“快去叫你妈和你老婆来搬砖头。”

小仙气得直咬牙，不顾一切地嚷道：“爸，你是不是睡昏头了？咱们没理由怕他们的啊！”

老仙怒不可遏，回身“啪”地抽了儿子一个耳光：“你才睡昏头不知天光！你姐夫倒了，知道吗？你打个电话问问你大姐……”说着，他老泪纵横，如哭似泣，“人在楼在，人倒楼倒啊！”

小仙闻言大惊失色，飞快地掏出手机打电话，刚说了两句，身子一软，瘫倒在地上。

小海看到这儿，惊讶极了。他不禁向镇长看过去，镇长得意地冲他眨了一下眼，说："你以为真的是你一个喷嚏，把楼打塌的啊？我刚接到上面的消息，说这楼真正的主人倒了，没想到很快就听说，连这楼也倒了……"

小海恍然大悟，怪不得镇长今天像变了个人似的，这么有底气哩。

（张　洪）

（题图：刘斌昆）

尴尬拍摄

邹平大学毕业到电视台工作不久，主任对他说："市林业局组织植树活动，你也去吧。记住，要多拍领导的镜头。"

邹平陪着林业局长爬上了一个山头，只见山坡上已挖好了许多坑，树苗摆在坑边，一切准备就绪，就等领导来植树了。邹平记着主任的吩咐，镜头始终对着局长，直到他把一棵树种好。

由于初次摸摄像机，邹平很兴奋，他不停地拍摄着。

正拍到要紧处，局长一脸兴奋地说："记者同志，我刚得到消息，市委梁书记要来视察我们植树，等会儿要多拍梁书记的镜头呀！"说完，他连忙吩咐把已经植好的树拔出几棵，重新挖好坑。

邹平打开摄像机，突然，他发现一个严重的问题：电池用完了。

他的心“突”地一沉，这可怎么办？梁书记就要到了，漏掉重要领导的镜头可是“死罪”呀。但这不能跟局长说，只好硬着头皮“假拍”。

不一会儿，梁书记来了，他在镜头前非常认真地把刚拔出来的树苗又放入坑里。邹平装着专心拍摄的样子，手心额头却已经直冒汗了。

第一次采访就犯下如此严重的错误，回去怎么跟主任交待呀？

邹平心惊胆战地向主任汇报，果然，主任听了大发雷霆，把他骂了个狗血淋头。邹平想，这下可玩完了。

奇怪的是，当晚的新闻播出时，邹平拍摄的新闻不仅是头条，而且还不可思议地多次出现梁书记植树时的光辉形象。明明没拍梁书记的镜头，怎么会这样？邹平奇怪地去问主任。

主任得意地说：“我把去年梁书记植树的镜头剪辑下来，稍作处理后编加进去就行了。学着点吧，小子！”

（邱发平）

（题图：李　加）

消防演习

因为工作人员的疏忽，张大毛单位的资料室发生了一起不大不小的火灾。谁都没有经历过这种场面，结果全局上演了一次世界末日大逃亡，人们纷纷赤手空拳地奔出大楼，单位的财产一件也没有往外带。

这让分管领导很不满意，他在大会上说："生命诚可贵，但国家的财产也不是不值钱啊，我们怎么能为了逃命而不顾国家的财产呢？"

最后，单位请来消防队员给大家上了消防课，还说会进行一次突击消防模拟演习，要给每个人打分，分数直接和年终奖金挂钩，基本精神是既要保证生命的安全，也要尽量保护国家财产。张大毛的科长是个很通情达理的人，为了避免大家到时候"争夺财产"造成贫富不均或者伤了和气，就提前把办公室的财产承包到户了。到时候谁扛电脑，谁搬传真机，谁拿重要文件……都一一规定好了。

这天上午，大家正在工作，忽然楼道里冒出一股浓烟。马上有人反应过来，大叫："演习开始了，大家快跑啊！"

为了奖金，于是全楼又上演了一次大逃亡。张大毛和小唐以最快的速度把电脑分开，张大毛抱显示器，小唐抱主机箱，夺门而逃。楼道里，人们早已挤作一团，一片混乱。

等到了楼底的空地上，领导早已等候多时了。没想到领导的脸色比上次还难看，他看看人们抱着的东西，说道："我们是在演习，不是在演戏啊！你们每个人都从那堆火旁经过了，结果就没有一个人想到去把那堆火扑灭，我还故意把灭火器放在旁边了……你们抢救出来的东西，难道会比这栋大楼还值钱吗？"

大家都愣住了，你看着我，我看着你，哦——原来还要救火啊？

（路　博）

（题图：李　加）

证据

一个渔夫在河边钓鱼，来了一个穿西服的人，看到渔夫钓的鱼很多，便也要在这里下米，做窝引鱼。

渔夫说:“先生，这个地方的水里我已经做了窝了，请你换个地方吧。”

穿西服的人说:“不行，你说你已经下了窝，有什么证据吗？告诉你，我可是个律师。”

渔夫说：“我已经在这里钓了很长时间了，这鱼篓里的鱼就是证据。”

律师说：“这算啥证据？谁知道你这鱼是不是在这里钓的呢，你拿不出人证物证，我是不会换地方的。”

渔夫急了：“这河边就我一个人，哪来的人证？米撒到河里就看不见了，我哪去拿物证？”

律师强硬地说：“现在可是法制社会，什么事都要有个证据，不能由着你瞎说。”

渔夫很生气，但又没法说过律师，只好求他：“你钓鱼是消遣，我钓鱼是为了养家糊口，就请你帮帮我的忙，换个地方，我谢谢你啦！”

可那律师依然一副蛮横无理的样子，讥讽渔夫说：“这条河又不是你的，凭什么你能在这里钓我就不能？法律面前人人平等，你不懂法律，又无知又愚蠢，是要受到惩罚的。”

渔夫气极了，伸出右手扇了律师一个耳光，律师的左脸立刻就肿了起来。律师捂着左脸叫了起来：“你这个野蛮家伙，怎么可以打人，我要到法院去告你！”

渔夫说：“现在是法制社会，告状是要有证据的。”

律师说；“怎么没有证据，人的脸两边都是一样的，你看我这脸，左边高，右边低，这就是最好的证据。”

渔夫一听，立即伸出左手，照着律师的右脸重重地打了上去：“这下两边一样了，看你再拿什么去做证据！”

（武　浩）

（题图：李　加）

服务周到

老王退休在家已有好几个年头了，这老头平常在家唯一的爱好就是看书，尤其是推理侦破的，一看就撒不开手。

这天，市影剧院新上映一部外国的侦破片。女儿、女婿见老人整天闷在家里也不是个事，便花高价买了张包厢票，让老人出门散散心。

吃过晚饭，老王就到了影剧院。他电影看过不少，但坐包厢却是头一遭，进了剧院一瞧，包厢虽然小了些，却很幽静。老王向来不喜欢热闹，对这儿的环境十分满意。

电影开映还有段时间，老王便靠在软椅上闭目养神。

正在这时，"笃笃笃"，包厢的门被人轻轻敲了敲，紧接着一个年轻的男服务员走了进来。老王醒过神来，一瞧表，还有几分钟电影就要开始了。

年轻人恭敬地站在老王身旁，说："老先生，我们这儿设施完备，服务周到，您老有什么吩咐，我一定尽心去办。"

老王看那小伙子又有礼貌又热情，十分感动，但自己确实没什么要麻烦的，便说："小伙子，我不需要什么，谢谢了。"

年轻人并没挪动地方，仍是很恭敬地说："老先生，我们这里有刚沏的乌龙茶，还有各种牌子的香烟和饮料，您老需要点什么？"

老王戒烟有两年多了，晚上吃的又是粥，便摇了摇头。

年轻人还是站在那里，恭敬地说："老先生，我们这里还有许多零食小吃，您老是不是来袋西瓜子，解解闷？"

老王心想，我又不是小孩，吃什么零食？便仍是摇头。

年轻人又说："老先生，您这包厢离银幕有些远了，我们这里还有望远镜出租的。"

老王笑呵呵地从衣袋里取出眼镜，说："小伙子，不用费心了，我带着这个呢。"

"老先生，我们这里还有许多便民服务，例如捎信、叫出租车、擦皮鞋等等，您老如需要尽管吩咐。"

这时，电影开映的头遍铃响了，老王有些不耐烦了："小伙子，如果有什么需要，我会叫你的。"

年轻人终于退了出去，老王舒了口气，心想这包厢的优质服务果然不同一般，只是太热情了些。

开演铃又响了，四周的灯就要熄了，没想到门又被推开了，那小伙子满脸堆笑地走了进来，手里还拿着一叠电影海报，兴冲冲地凑到老王身旁说："老先生，我刚拿到今晚的影片介绍，上面还有照片，不贵，两元钱一张，看完后还可以留个纪念，您老是不是来一张？”

老王一听，慢慢悟出了这“优质服务”是怎么回事，再说，他看这种推理影片，就喜欢一个人独自思考，判断谁是凶犯，这是多年来养成的习惯，让他花钱买这个不自在，他可不愿意！老王的头摇得像个拨浪鼓，连声说“不要”。这时，电影开映了，老王连忙戴上眼镜，聚精会神地看起来，就像一个爱好解题的学生，摆开了架势，准备解答一道道富有诱惑力的难题。

年轻人只得又退了出去。

银幕上出现了一幢美丽的别墅，矗立在迷人的湖边；四周鲜花盛开，蜂飞蝶舞，一位老人坐在轮椅上，悠闲地欣赏着这一切……

包厢的门又被不轻不重地敲了两下，老王一瞧，那年轻人竟然又进来了，满脸带着笑。老王皱起了眉头：怎么没完没了？这时，那年轻人已凑到他身边，恭恭敬敬地轻声说：“忘了告诉您老一件事，您瞧，轮椅上那瘫着的老头，他就是杀人的凶犯。”说完，年轻人便退了出去。

老王顿时瘫倒在软椅上……

（何　亮）

（题图：李　加）

混装厕所

一辆飞驰的中巴车上，乘客们都在闭目养神，车内极为安静。突然，车上一个中年男子的手机响了，他一接听，就大声说了起来："哦，小王啊，不好意思不好意思，我失约我失约，好，罚我请客！小王啊，是这样的，上午临时来了一个香港客户，我正在香格里拉请他吃饭，不好意思，行，回头见！"

给他这么一说，乘客们的精神都提上来，不瞌睡了。没一会儿，那人的手机又响了。只见他眉头一皱，沉思半晌才开口说话："喂，咪咪，你怎么啦？睡够了没有？记得擦香香啊。想我了？现在？不是说了吗，我还在北京。别提了，那人真是难缠的主呀，看来还得两三天才能拿到钱呢，乖乖听话，回来亲你，啊！"全车乘客都朝他注目，他们的车正在东莞往广州的高速公路上跑着呢，坐在他后排的一个小美眉掩嘴笑了起来。

还没过五分钟，这人的手机又响了。这次，他看了看号码，很坚决地摁掉了，接着又响，又摁掉。看来他不想接这个电话，可是打电话的是个有耐心的人，穷追猛打。最后，这人来气了，举起手机就一通猛炮："喂喂喂，你神经病啊你，没事打什么打，打电话不要钱哪？什么？我挂你电话？我在上厕所！要我对着马桶跟你说话？老婆啊老婆，我求你了，老公在外面做事，你不要再这样子啦，什么事回去再说，就这样，挂机了！"

他的话还没说完，全车乘客都笑作一团，连司机都停下车来，边笑得前仰后合，边说："哎，我说你呀，能积点德吗，把我这车说成厕所也就算了，可车上的乘客有男有女的，天下哪有这种混装厕所呀？哈哈哈……"

（蔡燕飞）

（题图：李　加）

午夜电话

这天半夜，大虎睡得正香，突然电话响了起来。这个时候来电话，十有八九是急事，大虎一个翻身，抓起电话，里面却传出一个醉鬼的声音："喂，阿秀……"

哪里有什么阿秀，大虎这个气啊，好好的觉给搅了，他毫不客气地说："打错了。"

对方却不相信，满嘴的酒气仿佛要透过电话喷到大虎的脸上："怎么会错？我又没喝多，你是阿秀的爸爸吧。我是小于，阿秀在吗？我攒够了十万元钱，明天早上就给她汇过去，让她把卡号告诉我一下。"

大虎本想再训对方两句，可听说有钱，马上换了口气："原来是小于呀，我还以为打错了呢，阿秀她睡着了，我这就去叫她。"

大虎连忙捂住话筒，伸手捅醒了老婆，简单交待了几句，把听筒递给了老婆，老婆心领神会，打着哈欠说：“我，我是阿秀。”

只听对方在电话里说：“阿秀，我们结婚的钱攒够了，明早我就汇过去，你快把卡号告诉我。”

老婆捂住了听筒，向大虎摇了摇头：“人家这是结婚的钱，那男人高兴得晕头哩，我不想骗人。”

大虎着急地说：“又不是咱逼他的，是他主动送上门的。”

老婆说:“卡放单位了,卡号也记不得了。”大虎一想,准是老婆不配合,一着急，从鞋后跟拽出一张卡，报上了卡号。

想着明天卡里要多出十万元钱来，大虎乐得心都要蹦出来了，没想到老婆问：“大虎，你说你那卡是哪来的？”大虎一听冷汗下来了，老婆钱匣子捂得严，大虎花不着钱就自己偷偷攒起了私房钱。老婆这一问，大虎急了，就说是单位领导的卡。老婆可不是好唬的：“哪个领导的，我打个电话问一问。”大虎慌忙拦住，说等天亮了，让领导给老婆回个电话，才算罢休。

第二天一大早，大虎就去了银行，可他拿着卡一查，别说是十万，卡里原来的钱也没影了。大虎立刻跑回家，照着电话号码拨过去，对方使用的是公用电话，大虎知道上当了，想报警，老婆拦住他说:“你别忘了，是你想骗人家才丢了钱的。”大虎低下头不做声了。老婆一边好奇地问：“骗子又没有密码，怎么会取走钱呢？”

大虎小声说：“你知道的，我这人记性差，密码只有一个，就是咱家电话，这网上一转账，钱就没了。”

老婆扑哧笑了：“我看这卡是你的吧，就你这智商，钱不丢才怪。”

大虎搓着双手讨好道：“老婆，你知道我偷偷攒钱是为了啥？我就想拿这钱给你买身衣服，要是早买一天就好了。”

老婆听了，嘴撅得老高，用手指着大虎的脑门说：“真有你的，丢了东西还送空人情，你要是有那心，为啥不早说呀？你要是早说了，我何苦三更半夜地请人演戏，费这份心思？”

（翟德军）

（题图：顾子易）

害群之马

有两个年轻人，一个叫布鲁斯，另一个叫杰克，他们都没有啥正经职业，整天在街上瞎混。这天，两个人又商量着去搞点钱来。布鲁斯喝了两杯酒，瞪着通红的眼睛，问杰克："你有没有胆子跟我去做笔大买卖？"

杰克凑上前，好奇地问："什么大买卖？"布鲁斯说："我听人说，哥伦比亚的毒品可便宜了，我们去那里弄点货回来卖怎么样？"

杰克听了，一吐舌头，他知道贩卖毒品万一被抓获意味着什么。可是，花花绿绿的钞票对他来说诱惑更大，最后，杰克答应和布鲁斯一起干。他们从银行里拿出了全部的积蓄，当作买毒品的本钱，虽然钱不是很多，但也能赚上一笔了。偷运毒品可不是简单的事，最困难的一关莫过于通过机场的海关检查，为此，两个人制订了周密的计划。

第二天，他们买了机票，登上飞机，到了哥伦比亚的首都波哥大。在波哥大一切顺利，他们很快找到了卖家。谈妥价钱，用一捆美元换一只装着白色粉末的袋子，杰克还装出很专业的样子闻了闻，尝了尝。然后，他们带着毒品，迅速回到了旅馆房间。

在房间里，两个人开始了细致的“手工作业”。他们拿出事先准备好的两条过滤嘴香烟，小心地把烟卷里的烟丝抠出去，填进毒品，再用烟丝把烟头部分伪装好，然后把香烟放回烟盒，按原样封起来。最后，他们把香烟装进两只机场免税商店的塑料袋，上飞机的时候，把塑料袋拎在手里，就好像是刚从免税商店买的一样。

准备停当，布鲁斯和杰克胆战心惊地踏上了回国的旅程，成败在此一举啊！在波哥大机场，他们顺利地登上了飞机。这只是成功了一半。对他们来说，还有一道关要过，那就是飞机在到达目的地之前，要在一个叫奥斯汀的地方停一下，乘客们转乘另一架飞机。布鲁斯和杰克都有些紧张，因为在转机的过程中，他们随时可能遇到海关人员的检查。

飞机在奥斯汀平稳着陆了，布鲁斯和杰克一前一后地通过了检查护照的关卡，还好，检查人员对他们手里拎的袋子没有丝毫怀疑。布鲁斯和杰克不由暗自庆幸，谁知，他们往前走了不到 20 米，突然被两个穿海关制服的官员拦住了。一个官员面无表情地把他俩请进了一间小屋子，指着他俩手里的塑料袋说：“把袋子打开，我们要检查一下。”

布鲁斯强装镇静，挤出满脸笑容说：“这是我俩刚在免税商店里买的，每人只买了一条，不用再交钱的，难道还有什么问题吗？”那个官员冷冷地说：“对，免税商店买的东西是不用交钱，但这两个袋子没有按规定封住口，这有点令人怀疑，按照我们的规定，必须仔细检查一下这些香烟，说不定里面藏着毒品或者别的什么东西呢……此外，你们还要付一笔罚金。”

杰克结结巴巴地说：“先，先生，我们的飞机就要起飞了，没有时间了……”

另一个官员听了，用理解的口气说：“哦，如果你们有急事的话，也可以把香烟留在这里，我们就当没发生过这事……”

杰克和布鲁斯对视一眼，从对方的眼神里，他们都看出了同样的意思：丢钱总比丢命强！于是，他俩装出一副很着急的样子，说：“哦，好吧，那就算了……两条烟也值不了几个钱，我们还是去赶飞机吧。”

说完，两个人丢下烟，逃命似的跑出了那间小屋子。

烟没了，两个人的发财梦破灭了，而且连老本都输得干干净净，好在人没事。他俩商量接下来怎么办，布鲁斯说：“我们还是按原计划转机回家吧，要是现在从机场逃出去，反而会引起别人的怀疑。”杰克哭丧着脸，说：“老天爷保佑，但愿在我们上飞机以前，他们没有发现香烟里的秘密！”

于是，他们坐在候机口，焦急地等待登机，可越是急，时间越是过得慢。两个人活像热锅上的蚂蚁，急得满头大汗。

等啊等啊，眼看登机的时间快要到了，突然，布鲁斯用胳膊捅了杰克一下，杰克一回头，脑袋“嗡”了一下，只见一名机场官员手里提着他们的两袋烟，带着两名警察正朝他们走来。完了，彻底完了！杰克和布鲁斯张口结舌地看着几个人走到他们面前。

出乎他们意料的是，那名机场官员笑容满面地对杰克和布鲁斯说：“二位，真不好意思，我是机场的经理，这是你们的香烟吧？很抱歉，我是来还烟的。”

杰克和布鲁斯一下子被弄愣了，谁也不敢伸手去接。经理解释说：“是这样，刚才两个官员扣下了你们的烟，我们早就怀疑这两个人利用职务之便，骗取乘客的物品，今天通过监视录像，发现他们拿了你们的香烟，人赃惧获，我已经把这两个害群之马开除了！请你们原谅……”说着，经理把两袋烟递给杰克。

杰克像做梦一样接过了烟，瞥了一眼，发现烟盒完好无损，他简直乐坏了：“真是太谢谢您了！这两个害群之马，可把我们给害苦了。”

经理从口袋里掏出一盒烟，抽出两支递给杰克和布鲁斯，说：“这事真是太抱歉了，请抽支烟吧。”

杰克和布鲁斯也不客气，接过烟，经理亲自为他们点上，又给自己也点了一支，然后说：“其实，这盒烟就是从你们的袋子里拿出来的，刚才我去找这两个家伙的时候，发现他们已经拆开了一盒，所以我特地新买了一盒没有开封的烟，把这盒烟换了出来，请抽吧。”说着，他夹着烟，深深吸了一口……

“啊，咳咳咳！”突然，经理被呛得猛烈咳嗽起来，他把烟举到眼前，愤怒地说道，“这是什么味道！你们的烟里藏了什么东西？对不起，我必须把你们和你们的烟一起留下，好好检查一下。”说着，他收起了脸上的笑容，冲身边的两个警察一摆手。

两个警察大步上前，不费吹灰之力，就把已经吓得呆若木鸡的杰克和布鲁斯制服了。

这时，登机口打开，乘客们开始登机了……

（改编：刘　瑞）

（题图：佐　夫）

狗尾巴的故事

宏桥乡新调来个姓刁的乡长。因为他一贯工作作风大刀阔斧，处理问题快刀斩乱麻，连平时讲话也常常刀光剑影。所以大伙把“刁”喊成“刀”，干脆叫他刀乡长。

刀乡长三十多岁，血气方刚，事业心很强。他知道，来到这人生地不熟的宏桥乡，开头一刀很重要，就像剧团里主角演员上台第一个亮相动作一样，关系到今后的声望、威信和前途。可这第一刀往哪里下呢？

真叫无巧不成书，他正愁往哪里开第一刀时，文书送来了一份红头文件，他接过一看，关于“狗”的事。他顿时灵机一动，决定下乡调查了解一番。说走就走，他跨上自行车，首先来到大树村。这小山村，风景秀丽，小桥流水，绿树成荫。刀乡长在村口一座大院门口架好车子，一脚跨进院子。突然“汪汪汪”一阵狗叫，从里面冲出来一只大黄狗，挡住了他的去路。刀乡长心想：唷，正要找你，你倒自动来了。他顺手从墙边拾起一把柴刀，高高举起，说道：“你再叫我就宰了你！”谁知这条狗也是不怕死的，见了刀不但不退，反而龇牙咧嘴地向他展开了进攻。刀乡长有点恼火：“不给你点颜色看看，你就不知道刀的厉害！”于是一个箭步上去，要抓狗的脖子，哪知一把捋去，脖子没抓住，抓住了狗尾巴。这下狗也急了，出于自卫，掉过头来往他腿上就是一口。刀乡长“啊哟”一声，顺手一刀劈下去，正好落在狗屁股上，将狗尾巴斩落在地。大黄狗疼得一阵狂叫，逃进屋里去了。刀乡长捋起裤腿一看，糟糕！两个深深的狗牙痕正往外渗血。他立即跨上自行车，直奔医院而去。

刀乡长从医院回到乡政府里，叫来文书，让他拿出那份红头文件，又仔细看了一遍，然后一拍桌子，拔出钢笔，“刷刷刷”划了张表，上写：“养狗情况普查表”，栏目有：村名、户数、人口数、咬过人的狗数、被狗咬的人（次）数、备注。他将表交给文书，要他在三天之内统计好，数字要准确。

文书立即刻印分发，接着又是催交、综合，足足忙了三天，才完成任务交了差。刀乡长看了统计表，当即下了个通知，明天上午八点钟，召开村长紧急会议。

大概村长们对新来的刀乡长的工作作风已有耳闻，所以今天一反以往拖拖拉拉的作风，离八点还差一刻，十个村长全到齐了。刀乡长宣布开会，他说：“今天开个村长会议，主要研究一下狗的问题。我统计了一下，全乡一万七千人口，一共养了一千一百三十六只狗，平均十五人就有一只狗。养这么多狗究竟对‘四化’建设有什么好处？狗要吃，浪费粮食；狗随地大小便，这就污染环境；狗要叫，到处‘汪汪汪’，增加噪音；狗要打架，在地里打，损坏庄稼，在家里打，会掀掉桌子打破缸；狗还咬人，危害人们身心健康。特别应该指出的是，狗会传染疾病。”他顺手拿起那红头文件晃了晃，“喏，这是上级发来的文件，要我们立即行动起来，消灭狂犬病。什么是狂犬病？那是非常可怕的急性传染病，狗得了这种病就象发疯一样，见人就咬，谁被狂犬咬着就和狗一样见人就咬。前几天我去大树村就被狗咬了一口，幸亏这只狗不是狂犬，要是狂犬的话，我不变成狗了吗？我如果得了狂犬病，今天非咬你们不可，那你们也都变成狗，而你们回去又咬人……嗨！那可不是闹着玩的，后果不堪设想！我们都是共产党的干部，要关心人民群众的身心健康。所以，对上级的指示必须坚决执行，立即行动起来，把狗统统杀光，使宏桥乡成为全县第一个无狗的先进典型！”刀乡长拳头一挥，结束了他的动员报告。

村长们听完刀乡长这番话，一个个都呆住了，你看看我，我望望你，谁也不说话。就在这时，从门外闯进一个白发老太太，只见她一手拄着拐杖，一手捏着个纸包，进门问道：“哪个是刀乡长？”刀乡长说：“我就是，你有啥事？”老太太朝刀乡长看看，然后解开纸包，亮出了一条狗尾巴：“你是乡长，为啥趁我不在家的时候，把我家那只狗的尾巴砍掉？过去‘四人帮’割资本主义尾巴，你这个乡长又来割狗尾巴！我问你，这狗尾巴究竟犯的什么法？”刀乡长这才明白了老太太的来意，心想，我们正在研究狗的问题，你来凑什么热闹？于是没好气地说：“它咬了我一口，你说犯什么法？”“你不要诬赖，我这只狗养了十年了，从没有咬过人。不信，你到我们村里去调查。谁都知道我那只狗见了人就摇尾巴，我只要唤它一声，它就跑到我身边，那条尾巴摇啊摇啊，多亲热！可你偏偏把它斩掉，以后叫它摇什么？我不管你乡长不乡长，你得赔我的狗尾巴！”老太太说着说着，竟哭了起来。这可把刀乡长弄得火冒三丈，暗想：赔你的狗尾巴？哼！我还要杀你的狗呐。他挥挥手说：“你先回去，我们正开会呢，明天叫你们村长来处理。”几个村长连忙上去连劝带哄，总算把老太太打发走了。

经老太太刚才那么一搅，倒把会议气氛搞活了。大树村村长金阿祥说：“刀乡长，我提个意见你看行不行？一下子把狗杀光，恐怕操之过急，也很难办，是不是分两步走，第一步先杀有狂犬病的狗。”其他村长正想表示赞成。刀乡长却把他挡了回去：“这办法行得通吗？你知道哪只狗有狂犬病？是不是把全乡一千多只狗全送医院，先挂号，再透视，尔后验血？还要不要做肝功能、心电图？不行的！再说，这只狗今天检查没病，谁能担保明天不得病？而且这样很容易有漏洞，那些习惯于走后门的人就会乘虚而入。所以，我觉得，要干就来个彻底的，管他病狗、好狗、善狗、恶狗、看家狗还是哈巴狗，一刀下去，斩草除根！”“哎呀乡长，你讲讲容易，做起来难啊！”“这有什么难的？回去先动员，把道理讲清楚，让大家自己动手杀，要是不自觉，就在村民规约里加一条，同时成立个打狗队，采取强制的手段，见狗就杀！”乡长话音一落，站起来一个年轻小伙子，说道：“我叫罗小华，是青山村的村长，要说养狗，全乡恐怕数我们村最多。过去，有人骂我们是恶狗村，野兽、小偷、流氓都不敢进村，连‘文革’时那帮‘点火队’都不敢到我们青山村去点火。因为狗多，所以每年冬天，到我们村买狗吃的人也就络绎不断，他们称青山村为狗肉之乡。所以养狗也就成了青山人的传统副业。但是刀乡长刚才说了，狗有六大罪行，都是我们没有意识到的。如今上级有红头文件，要我们消灭狗，我们决不犹豫，坚决执行。不管困难多大，我保证三天之内完成刀乡长交给的任务！”罗村长这一表态，把那些想叫困难的村长们的嘴全都贴上膏药，封得严严实实。刀乡长高兴地说：“好，这才是八十年代的干部作风。我们要以青山村为榜样，一星期之内完成，谁第一个完成，我就奖励谁；哪个村拖后腿照罚不误，就这样，散会。”

村长紧急会议结束后，杀狗成了宏桥乡压倒一切的中心工作。小镇上的狗肉充斥市场，价格大跌，弄得卖猪肉的都改行卖狗肉了。可在这轰轰烈烈的杀狗运动中，大树村村长金阿祥却苦了。他大会开了开小会，还到每家每户去动员，规定也下了，告示也出了，打狗队也成立了，整整忙活了两天两夜，别说杀狗，连狗毛也拔不掉一根，这是什么原因呢？问题就出在被刀乡长砍掉尾巴的那家老太太身上。

这位老太太可不是一般的农村老太婆。她有个儿子在县委组织部当部长。前些年，她儿子得了胃病，久治不愈，后来听说小奶狗能治胃病，老太太就弄了只给儿子吃，果然把病给吃好了。从此，老太太就弄了只母狗，每年生一窝小狗，这些小狗全都给儿子食用。老太太养狗为儿子，几年下来，和狗建立了深厚的感情。有一次，老太太到池塘洗菜，不小心掉进了水里，当时四周没有一个人影，眼看就要归天。幸亏大黄狗正在塘边，它见主人落水，就毫不犹豫地跳进水里。老太太一把抓住了狗尾巴，才被狗拖上岸来。这样的救命之恩，她怎能忘记？那天她出门回来，发现狗尾巴被砍了，抱着狗大哭了一场。现在还要动员她杀狗，当然，杀她的头也不肯。可是她这只狗不杀，其他的狗也别想去动。这可把金阿祥弄得束手无策，只得到乡政府去讨救兵。

金阿祥把情况详详细细向刀乡长作了汇报，刀乡长也呆住了，心想：糟糕，我这第一刀竟砍到组织部长家里去啦，唉！正在这时，门外跑进来青山村村长小罗，他肩挑一担东西，前边两只狗腿，后边一只胖鼓鼓的麻袋。他进门就说：“刀乡长，我们青山村的狗全杀光啦，这两只狗腿给你们乡干部尝尝鲜。”刀乡长眼睛一亮，脱口问道：“真的？”“在你刀乡长面前，哪敢弄虚作假，不信你看。”小罗说着拎起麻袋，哗一下倒出一大堆狗尾巴，“以狗尾巴为证，请你点点数，你要再不信，请你到我们村去实地考察，要是找出一只狗来，你撤我的职，查我的办！”刀乡长对金阿祥说：“看见了吗？人家干得多漂亮！”金阿祥哭丧着脸说：“乡长，那老太太，我好话说了千千万，就差给她下跪磕头了。只要你能帮忙把这个钉子拔掉，其他交给我，要是剩下一只狗，由你怎么处理！”刀乡长眉头一皱，拎起电话听筒，电话接通，他和组织部长对起话来了。他将狗的事情详详细细作了汇报，最后请示，他家那只狗如何处理？组织部长听完哈哈大笑，说道：“你是一乡之长，我妈是你管辖下的公民，一只狗嘛，杀还是留，你看着办就是啰。”说完，“啪”搁了电话机。刀乡长放下电话想，“你看着办”这是啥意思？不过他牙一咬，说道：“公事公办，不要说组织部长的娘，省委书记的爹也不行！老金啊，你给我带三十元钱给老太太，就说是我赔她狗尾巴的钱，但你告诉她，狗是一定要杀的。为了革命，很多人大义灭亲，她作为组织部长的妈妈，应该服从大局，大义灭狗！我先到青山村去看看，回头就到你们大树村来。小罗，我先走啦。”刀乡长跨上自行车，飞一样向青山村骑去。

刀乡长在青山村前前后后转了一圈，确实不见狗的影子。他想，他们会不会把狗藏起来呢？为了探听虚实，他躲进村后山坡上的树林里，像口技演员一样，“汪汪汪，汪汪汪”地装起了狗叫，他想以假乱真，引出真的狗叫。哪知狗叫倒没引出来，却引出一群人来，有的拿绳子，有的拿棍子，一齐往山坡上冲来。吓得刀乡长连忙逃下山来，骑上自行车，放心地去大树村拔钉子去了。

他到大树村一看，形势大好，很多人在杀狗。他找到金阿祥，问道：“问题解决啦？”老金笑笑说：“嗯，亏得你那一刀，老太婆那只狗今天死啦，她不忍心拿来吃，叫人弄去葬掉了。”“钱给她啦？”“给了。”“你再做做工作，安慰安慰，你告诉她，我们也是执行上级命令，请她老人家谅解。”

就这样，刀乡长像救火一样，到处奔波，连老婆生孩子都没回去看看。经过几天努力，终于将全乡狗全部杀光。

这天，刀乡长正在写总结，《宏桥乡是怎样成为无狗乡的？》。突然，一辆小车开进了乡政府大院，从车上走下两个人来。刀乡长一看，其中一个正是自己的顶头上司杨县长。急忙跑出去将他们迎进会客室里。杨县长说：“听说你改姓刀了是吗？你这位刀乡长不能举刀乱砍哟，要刀下留情，对吗？”“对对对。”“对了，我介绍一下，这位是迎宾楼宾馆的经理老张同志。时间也不早了，你是不是先给我们解决一下肠胃问题吧，我看简单一点，听说你们这里狗肉很多很便宜，是不是弄点狗肉来吃？”刀乡长不禁“格登”一下，但他记起来了，小罗送来那两只狗腿只吃了一只，连忙说：“行，行。”可是跑到食堂里一问，那只狗腿，昨天晚上副乡长奖给联防队员吃光了。刀乡长一听火冒三丈，但转念一想，办法来了，不是还有好几百条狗尾巴吗？于是来了个总动员，让乡政府干部人人动手，将狗尾巴煺白、洗净，并要炊事员在狗尾巴上动动脑筋。

不一会儿，狗尾巴宴开始，花样还真不少，有清蒸狗尾巴，白斩狗尾巴，红烧狗尾巴，爆炒狗尾巴，还有一盆狗尾巴汤。可是杨县长吃着吃着，却皱起了眉头：“我说你这位乡长怎么这样小气？净叫我们啃骨头呢？”刀乡长忙说：“杨县长，你有所不知，狗肉虽香，但是发火败胃，不能多吃，这狗尾巴虽然骨头多了点，但因为是活肉，所以特别鲜，而且有清凉败毒之功效，因此，我们这里有个说法：宁可丢了亲爸爸，也不能丢掉狗尾巴！”“唷，这样看来，狗身上全是宝啰，可是有些人却把狗说得一无是处，还总结了六大罪状，主张消灭它，这简直是胡扯。

你知道我们今天来找你的目的吗？为了促进旅游事业的发展，他们宾馆动了很多脑筋，开设了鱼味馆、鸡味馆，很受欢迎，他们还想增设蛇肉馆、狗肉馆，万事俱备，独缺东风，就是货源没有保证。听说你们这里狗肉多得卖不掉，因此，宾馆想和你们挂挂钩，把养狗作为一种家庭副业抓起来，这对宾馆是个支持，对发展旅游事业是个贡献，对群众也有好处，你看怎么样？”“杨县长，你讲的很有道理，可是最近上级有文件，要消灭狂犬病。”“哎呀，那是叫你消灭狂犬病！狂犬病要消灭，狗也要养，这就是矛盾的对立和统一。我们有的同志就喜欢简单化，一讲狂犬病，就要消灭狗，那肝炎病怎么办？把人都消灭？简直是形而上学！告诉你，我们县至今还未发现过狂犬病。再说狂犬病也可以预防的，可以请卫生部门同志把关嘛。”一听这话，刀乡长汗都下来了，忙说：“对对对，我尽力抓好这件事。”杨县长摇摇头：“尽力，这不行，你得保证今年下半年拿出五百只狗来。”“咳咳，好……好。”刀乡长接受了这个任务，想了一晚，有了主意。第二天就下达了一个指令性的文件，规定每户至少必须养狗一只。

文件一下，舆论哗然，村干部们哭笑不得。第三天，刀乡长又召开第二次村长紧急会议，研究落实养狗问题。这次村长们却不如上次那么老实，这个埋怨，那个叫苦，这个讽刺，那个挖苦，对刀乡长展开了变相的围攻。刀乡长笑笑说：“大家讲完了吗？你们讲完了，下面我讲讲。”他脸孔一板，严肃地说，“上次我们抓了一下杀狗，那是根据上级的文件精神办的，没错；这次强调养狗，是按照杨县长的当面指示办的，也是正确的，这就是矛盾的对立和统一。绝不能以今天叫养狗来证明昨天杀狗就错了，没错！都是形势的需要。”他正说着，青山村小罗风风火火地跑了进来。刀乡长看看表，足足迟到了半个小时，正想批评他几句，小罗说话了："报告乡长，遵照乡里十三号文件精神，我们青山村养狗任务已经超额完成。"这可把大家惊得目瞪口呆。心想：杀狗你第一名，如今养狗又是你第一，怎么像变戏法似的，这里面会不会有鬼呀？一个村长提议说："刀乡长，学习先进，是不是到青山去取取经？"小罗说："欢迎各位去检查，中饭我请客，狗肉招待。"

十个村长，加上刀乡长十一辆自行车，浩浩荡荡来到了青山村。一进村，果然听到一片狗叫声，并且冲出来一群狗，白的、黑的、黄的、花的、灰的，列队欢迎，气氛热烈。但仔细一看，发现这里的狗脖子上都挂着牌子，全都没有尾巴。狗尾巴哪去啦？小罗笑笑说："狗尾巴？唉，被刀乡长一刀给斩掉啦。""怎么狗脖子上都挂奖章啊？""那是狂犬病免疫证。"刀乡长这才恍然大悟，他一把拉住小罗说："你这鬼东西，上次我来检查，你把狗藏到哪里去啦？""那很简单，每只狗灌上点烧酒和安眠药，就跟死了差不多。""你这家伙，搞这名堂啊！哎，我告诉你，这些狗可不能卖掉啊！""不，前天杨县长带来宾馆经理，全都订购去了！""喔——"刀乡长呆住了。

这里正在议论纷纷，组织部长的娘来了，她找到小罗说："现在风向变了，养狗又吃香了。上次我当了落后分子，多亏你救了狗的命；这次，我要当先进分子啰。"当那只大黄狗来到老太太身边时，她摸着狗的头说："唉，多好的狗啊，可惜尾巴没了，只好光屁股了。"她来到乡长面前，将三十元钱递还给他，又说："刀乡长啊刀乡长，今后下刀得看看准，你这样左一刀右一刀，老百姓实在吃不消哇！"

（吴文昶）

（题图：张　恢）

烦心的狗事

一个难题

十佛镇有个砖瓦厂，前不久，厂长王大汉退休回家，闲来无事，靠遛狗打发时光，但最近他发现，家里的两只哈巴狗成了不祥之物。

这两只哈巴狗是王大汉当厂长时，和副厂长石奇迹一起到县城买的，当时，他和石奇迹一人买了一只，各自带回家养起来。两只小狗崽渐渐长大，性情就大不一样了：王大汉的狗凶，常常冲着人汪汪叫，像个骂街的泼妇；石奇迹的狗很温顺，王大汉老婆上石奇迹家打麻将时，那狗一见她就摇尾巴，摸它一下，就围着撒欢。王大汉老婆总是夸这只狗可爱，石奇迹就把这只狗送给了王大汉，从此，王大汉家便有了两只哈巴狗。厂里的人为了方便,把石奇迹送的那只叫“奇迹狗”,把原先那只叫“大汉狗”。

刚开始,“大汉狗”对新来的狗很霸气,张口就咬,“奇迹狗”像个龟儿子,见了它就躲。吃食时,“大汉狗”先吃,“奇迹狗”得等“大汉狗”吃到肚儿圆,才能舔食钵里的残羹剩饭,每次都吃不饱,最后还得舔舔“大汉狗”嘴边的饭渣充饥。“大汉狗”很懂得享受,每次吃饱后,就把嘴巴伸给“奇迹狗”,让它帮自己舔干净,舔得不满意,还要咬它一口。

王大汉当厂长时,石奇迹隔三差五要上王大汉家坐坐,每次都要看看自己送给王大汉的狗,满脸堆笑地看着他送的狗在王家舔食钵,舔“大汉狗”的嘴巴,还经常挨咬,一声不吭。后来,王大汉退休了,石奇迹当上了厂长,有时还到王大汉家坐坐。石奇迹一来,王大汉就叫老婆做几个好菜,和石奇迹一起喝几杯。王大汉这样做是有道理的,因为他儿子是厂办公室的办事员,在石奇迹手下。

石奇迹每次来还是要看看“奇迹狗”,他发现自己都当上厂长了,“奇迹狗”还在舔食钵,舔“大汉狗”的嘴巴,经常挨咬,脸色就不好看了,渐渐地,他不上王大汉家了。

这天,王大汉突然想起石奇迹好久没来,就问儿子:“石厂长咋不上咱家来了?是不是对我有什么看法?”

儿子说:“有一次,石厂长说他的狗在咱家舔食钵,舔咱家狗的嘴。”

王大汉一怔,瞅瞅墙根下的两只哈巴狗,“大汉狗”已经吃了个肚儿圆,正伸着嘴,美滋滋地让“奇迹狗”舔着,王大汉火了,操起棍子,照“大汉狗”屁股就打,边打边骂:“孽畜!你凭啥让它给你舔嘴巴?”

“大汉狗”突然挨了一棍子,恼火地发出嚎叫,从家里逃出来。“奇迹狗”连忙跟着跑,一起跑到街对面的墙角蹲下,“大汉狗”又伸出嘴巴,让“奇迹狗”舔。王大汉提着棍子追过去，两只狗又爬起来跑。

这时，石奇迹夹着公文包，正一晃一晃地从厂大门走出来，王大汉见了，就躲在一棵树背后，远远望着。

这时，两只狗在厂门口蹲下，“奇迹狗”又伸出舌头，舔着“大汉狗”的嘴。石奇迹见状，脖子猛一下粗起来，“呸”地一声，吐了口痰，抬脚就朝“大汉狗”踢去。两只狗吓得又跑起来，石奇迹这才气哼哼地往家走。

几天后，王大汉的儿子突然从厂办公室下放到车间，当了个运砖工。王大汉大为震惊，他明白，这完全是狗事引起的人事变动，他决定先把“大汉狗”的威风打下去，再找石奇迹求情。

奇思妙想

接连几天，王大汉一见“大汉狗”让“奇迹狗”舔嘴巴，就操起棍子赶，赶得两只狗满镇子乱跑，但两只狗依然如故。这天，王大汉还听到有人说：“王大汉下台这么久了，‘奇迹狗’还在舔‘大汉狗’的嘴巴呢！”把王大汉急得直冒冷汗。

这天傍晚，王大汉抱着“奇迹狗”来到石奇迹家，堆着一脸笑，说：“石厂长，我把这只狗还给你……”

石奇迹一听，立即摆手，说：“老厂长，你这是何苦？这狗是我送给你的，如今你退下来，我当上厂长了，就收回狗，厂里的职工会怎么说我？”

王大汉一想，对呀！这影响不好，忙说：“要不这样吧，我把我家那只狗送给你……”

石奇迹又是摆手：“那更不行，你是老厂长，我当上厂长你就给我送狗，别人更要说闲话了！”

王大汉又想了想，说：“你家的狗在我家活得委屈，主要责任是我家的狗不知天高地厚，干脆，我把我家那条狗打死算了！”

石奇迹板下脸，说：“为了我的狗，就打死你的狗，你这不是给我脸上涂黑吗？”

天哪，这不行，那也不行，怎么办呢？王大汉想呀想，终于想出个好主意……

第二天，王大汉来到镇上的白铁铺子，弄了两块白铁皮，剪了两块牌子，一块像野兽，另一块像小鸡，然后，请镇中学的美术老师涂上颜色，这样，两块牌子就成了老虎和小鸡，活灵活现，像真的一样。

接下来，王大汉把老虎牌子挂在“奇迹狗”的脖子上，把小鸡牌子挂在“大汉狗”的脖子上，两只哈巴狗突然挂上牌子，很不习惯，相互对视着，“大汉狗”见“奇迹狗”脖子上挂着一只张着大嘴的老虎，顿时吓得后退一步，“奇迹狗”见“大汉狗”脖子上挂的是一只嫩黄的小鸡，便往前跨了一步，“大汉狗”见了，吓得又退了一步，“奇迹狗”便又往前跨了一步，“大汉狗”大叫一声，逃出了门。

一旁的王大汉看得哈哈大笑，他往狗食钵里倒了一碗汤饭，“奇迹狗”立即奔到食钵边吃起来，“大汉狗”见了，也跑回家，蹿到食钵边，刚叼了一口，突然看见眼前老虎一晃，连忙退到一边。王大汉拿棍子敲了它一下，说：“畜生，你给我记住，人家是老虎，你呢，是一只小鸡！”

这一餐让“奇迹狗”吃了个肚儿圆，它蹲在门口墙脚边，直打饱嗝儿，刚舔完食钵的“大汉狗”连忙上前，伸出舌头，把“奇迹狗”嘴上的饭渣舔了个干干净净。

从这天起，王大汉总是只给足一只狗的食量，让挂老虎牌的“奇迹狗”

吃饱，然后让“大汉狗”舔食钵和“奇迹狗”的嘴。这样过了一个星期，两只狗的地位完全颠倒过来了。

牌子掉了

这天中午，王大汉来到砖瓦厂，邀请石奇迹到家里去坐坐。

石奇迹见王大汉来了，不冷不热地跟他打了个招呼。

王大汉说：“石厂长，你嫂子做了几个菜，想请你去坐坐，聊聊。”石奇迹连忙推辞，说自己还有事，王大汉说：“去吧，我家里有稀奇看呢！”

石奇迹一愣，说：“能有啥稀奇？又让我看我的狗舔你的狗嘴巴？”

王大汉摇摇头，神秘地一笑，说：“狗这东西，比人还精，现在，我的狗天天舔你狗的嘴巴……”

石奇迹一听这话来了劲，说：“哦，好些天没上你家了……”

下班后，石奇迹直接来到王大汉家，王大汉家的桌子上已经摆满了酒菜，王大汉想让石奇迹一睹为快，就先盛了一碗饭，拌上肉汤，倒在狗食钵里，正蹲在狗窝里的两只狗见了，急忙从窝里蹦起来，直奔狗食钵。

石奇迹眼睛一眨不眨地盯着两只狗，只见他的狗跑到食钵边，埋头吃食。“大汉狗”围着狗食钵打转转，却不敢上前，心里正在偷偷高兴，突然，“大汉狗”猛地一跳，对着“奇迹狗”的脖子狠狠地咬了一口，“奇迹狗”发出一声尖厉的惨叫，挣扎着扑向“大汉狗”，但“大汉狗”越咬越凶，这些天的饥饿、屈辱和愤怒转化成无穷无尽的力量，像只小老虎似的，把“奇迹狗”咬得连连惨叫，落荒而逃。“大汉狗”还不罢休，紧跟着追出门外。

王大汉被这场意外惊呆了，在一旁站着一动不动！

石奇迹的脸色变得铁青，说："老上级，今天你叫我来看的就是这稀奇啊？你是故意戏弄侮辱我吧？"他说完，"哼"的一声，拂袖而去。

王大汉老半天才缓过一口气，大喊一声："老天爷啊！"

这时，"奇迹狗"又被追得跑回来，一头钻到王大汉跟前躲藏，王大汉弯下腰，看着"奇迹狗"身上的斑斑血迹，说："你今天怎么被欺负成这个样子？我不是给你挂了老虎牌子吗？"这一说，他猛一惊，只见"奇迹狗"脖子上光光的，他急忙跑到狗窝里，捡起掉在狗窝里的老虎牌子，朝石奇迹追过去，边跑边喊："石厂长，牌子掉了，是牌子掉了啊……"

（范国清）

（题图：谢　颖）

痴人·奇遇记

c h i r e n   q i y u j i

世间百态，言痴言癫。你道是嬉笑怒骂，他却与人真幻，且痴且狂。梦里花落知多少，留待良人采亦撷。

乾隆赎号

清朝乾隆年间，江南一山城客店的一间普通客房里，歇着一位操北方口音的客人。这客人身份非同小可，他就是下江南微服私访的当朝皇帝乾隆！这日，天刚蒙蒙亮，乾隆就听到客店伙计“咚咚咚”拍着隔壁房门，喊道：“朱乾隆，天亮了，该上路了。”

乾隆听了心里不觉一惊，天底下竟还有第二个敢称“乾隆”的人？连忙翻身起床，打开房门。只见隔壁走出一位须发皆白的老人，他忙迎上前去，问道：“老人家，你也叫乾隆？”

老人满不在乎地“嗯”了一声，算是答复。乾隆见老人如此大胆，本想治他的罪，但看他一副庄稼人的打扮，老实巴交的不像是故意盗用皇号，便压下火气，厉声质问道：“你可知道当今皇上年号是乾隆？你盗用皇号，有欺君之罪，你大难当头了！”

老人不卑不亢地反问道：“我盗用皇号？老汉今年68岁了，打从娘肚子下来就用这个名，皇上登基才几年？到底是我跟他叫乾隆，还是他跟我叫乾隆？”

乾隆被问得哑口无言，但他毕竟见过世面，略为迟钝了一下，便吓唬老人道：“自古道，民不与官斗。可现在你要斗的是万官之上的皇帝，难道你就不怕杀头吗？”

老人“嘿嘿”一笑，答道：“皇上既然忌讳我与皇号同名，就不会杀我。”

“为什么？”乾隆皇帝微微一愣。

“皇上要杀我，那我就是钦犯，杀钦犯是要告示天下的。”老人不紧不慢地说，“你想想，普天下百姓都嚷嚷‘乾隆被杀了’，不就更犯忌了吗？”

“皇上不会秘密处死你吗？”乾隆紧追一句。

“那又有什么用呢？”老人继续不紧不慢地说，“我的儿孙们若寻不到我的尸身，他们肯定会立牌位供奉我‘乾隆’的大名。你想，每天香火缭绕，那皇上也未必自在得了。”

乾隆见一个山野村夫敢与自己较劲，不由得动了肝火，但他还是不露声色，只是用更加严厉的口气威胁道：“皇上的权力至高无上，难道你不怕满门抄斩？”

“皇帝是有权力，但权力再大，也管不了阎王老子。”老人倒是很镇静，冷冷地回敬道，“当今皇上杀我一人，阎王就销我‘乾隆’一人的号；杀我一家，就销‘乾隆’一家的号，难道那皇上不怕忌讳大清的江山到此了结吗？”

乾隆忌讳的就是这个，听了老人的话，不由得又惊又怕。他眉头一皱，把老人拉到客房里，捧出几块元宝，说：“作为大清的臣民，应尊敬皇上。我看这样吧，送你这些银子，你把名字改了吧？”老人是个有见识的人，从一来一往的对答中，已明白了八九分，于是见好便收，收下银子说：“难得客官对皇上一片忠心，改名就改名吧！只是……我叫什么好呢？”

乾隆皇帝见老人愿意改名，非常高兴，他是个有才学的皇帝，略一思忖，对老人说：“我看你身板硬朗，虎气十足，就改名为‘坤虎’吧?!”

“好，好。”老人满口应承，“托客官的洪福，那以后我就叫朱坤虎得了。”

老人虽然改了名，但乾隆皇帝还是有块心病，始终忌讳老人曾用过皇号，一旦有个三长两短，对自己可能不利。他回京后，只得派钦差接了坤虎老人到皇宫供养。朱坤虎倒也长寿，百岁那年，乾隆邀请了一百位年过古稀的老人摆“百叟宴”，为他祝寿。朱坤虎直到107岁寿终正寝，乾隆皇帝还生怕他的后人写错灵牌名，便亲笔御赐“朱坤虎灵位”灵牌，并派钦差护送其灵柩及灵牌到老人家乡安葬、供奉。

（袁望来）

（题图：李　加）

菩萨也拣软的欺

过去有一位姓张的秀才，心地善良，为人胆小怕事，路过大树底下，也怕树叶掉下来砸破了头。为保家事平安，他在堂屋里供着菩萨，门上贴着门神，早晚一炉香，晨昏三叩首。就是出门在外，也是逢庙宇就烧香，见神像必磕头。

他家的隔壁住着一个杀猪的屠夫，也姓张，和他的性格脾性却恰恰相反：说话粗声大气，待人直来直去，天不怕地不怕，不信鬼神不信邪。

他们在小镇各有各的事情做。张屠夫摆肉案卖肉，张秀才设私塾教书。他们由家去小镇，要经过一条小河。这小河深不过两尺，宽不过丈余，行不得船，也摆不得渡，六根木桩，三块木板，凑合就算一座桥。但就这样的一条小河，一些人还在河边建了一座河神庙，用石头雕了一尊河神像。

张秀才每天过河的第一件事，就是给河神烧香磕头，以求神灵保佑。可张屠夫过河不但不烧香磕头，还抽出别在腰间的杀猪刀，在河神菩萨的头顶上磨上那么十几下。因为他发现雕河神菩萨的石头是上等的磨刀石。一旦张秀才碰巧看到这一情景，往往吓得脸色苍白，诚惶诚恐地连声说："罪过！罪过！"劝张屠夫不要这样，菩萨会降罪的。

有一天，天降暴雨，河水陡涨，小河深了，宽了，木板桥垮了。张秀才和张屠夫相遇在河边。张秀才挺着急，可又想不出办法来。张屠夫灵机一动，高兴地说道："有了，有了。我说兄弟，咱们把河神庙里的菩萨和跟班抬来当垫脚石，踩着他们的脑袋不就跳过河去了吗？"

张秀才听了，大吃一惊，说："不行，不行，河神菩萨乃一方神灵，他手下跟班自然也是一方神灵，拿他们做垫脚石作践，只怕要遭天打五雷劈了！"

张屠夫说："你怕，我不怕，我去搬了那几个石头丢在河里，你只管过河，总不怕了吧。"说着将杀猪刀往腰里一别，去搬河神菩萨了。等张屠夫搬了河神菩萨到河边，张秀才早脱光衣裤涉水过河了。

这天深夜，张秀才正在灯下读书，突然打了一个喷嚏，那桌几上的灯光便缩成了蚕豆般大小，灯光中，只见满身水淋淋的河神菩萨怒气冲冲地站到他的面前，大声喝道："你姓张吗？"张秀才吓得双膝一软，跪倒在地，磕头如捣蒜，乞求地说道："菩萨在上，容小人禀告，今天下午把您扔下河的，绝不是小的，而是隔壁的张屠夫，您老人家可千万别搞错了。小的天天给您烧香磕头，从来没干过对不起您的事……"

河神菩萨狰狞一笑，道："本菩萨没有弄错，今天要找的就是你张秀才。平常你对本菩萨毕恭毕敬，今天那张屠夫作践我，你却不管不问，溜回家来了，害得我不但被脚踩，而且受冷挨饿。”

张秀才浑身颤抖，上下牙直打架，抖抖索索说：“既然……是……是……这样……您……老……就找……张屠夫……好了……”

河神菩萨一瞪眼：“放你的屁，他那么凶恶，天天拿我头顶当磨刀石，我去找他出气，岂不自寻倒霉。你这混蛋平时那么尊我敬我，今日看着我让人作践，也不帮我一把。本菩萨不降罪你难道去降罪张屠夫？”说完，河神菩萨一阵风去了。

张秀才吓得病倒在床上躺了一个月，差点去见阎王。而张屠夫呢，天天踩着河神菩萨的脑瓜过河回家，什么事也不曾发生，日子也过得挺舒心的。

哲学先生评曰：有位女作家写离婚经历，说婚前男友对她如何体贴，结了婚便换了副嘴脸，结果办完离婚手续，他又对她相敬如宾起来，因为他对“外人”，一向是彬彬有礼的。笔者也曾见过一位副科级基层领导，对内声色俱厉；对外科室来的人（哪怕是很熟的人），却总要操着外交辞令亲自接待，他把这一切都看作权力。这篇故事中的菩萨也与此相类，把别人的供奉看成了自己的权力。而权力是最易腐蚀人（也包括腐蚀菩萨）的。一切事物的发生发展都有特定条件，所以我们不必过于怪罪这些丈夫、科长和菩萨——他们都是某种文化的产物。

（改编：岳　阳）

（题图：庞先健）

特别的节日

阿边在城里打工，过两天工地上要放一天假，他寻思着，一天工夫赶回家办不了什么事，干脆让老婆进城来团聚，让她也好好开一把洋荤。于是，他一个电话打回村里，指示老婆火速进城。

老婆兴冲冲赶来了，阿边拉上她就往商场跑。阿边早想好了，要让老婆玩得高兴，那首先就得改变一下形象，把农村人的土气改掉，叫人家看不出来。他在商场给老婆买了件漂亮衣服，给自己买了套西装和一双皮鞋，这一下就花了七八百，可阿边连眉头都不皱一下。出了商场，他又把老婆拉进一个发廊，双双弄了新发型。完了往镜子前一照，呀，差点都认不出自己来了。

第二天一大早，阿边两口子就穿上新衣服逛起了城。他们一路意气风发，高高兴兴地来到了江滨广场。这儿是全城最好玩的一个地方，也是阿边的伤心地。咋的？广场有一条过江观光隧道，乘着电梯一路观赏水下风光直达河的对岸，而且是不要钱的。上次阿边他们出来玩，也想过把瘾，没想到在入口处被一个胖胖的工作人员拦住了。人家叫他们等等，再等等，等来等去，就是没让他们上去。后来他们往身上一打量，脸就红了，原来事情就坏在衣服上。他们刚从工地下来，衣服上又是泥浆，又是石灰，鞋子上还带着一块不知是泥还是屎的家伙，你说这形象，人家能让你进吗？这回他不惜血本改造形象，有一大半就是冲这隧道来的。

阿边悄悄握了握拳头，暗中给自己打气，然后带老婆直奔观光隧道，刚走近，突然站在入口处的一个胖子喊了起来："站住！你们两个！"

阿边一听，身子条件反射似的一哆嗦，收住了脚。可接着他马上就清醒过来了：笨蛋，我们现在可是城里人呢！不是喊我们！壮了壮胆，又迈开步子往前走，一边嘴里念叨着："不是喊我们！不是喊我们！"

眼看一只脚就要踏上电梯了，胖子一个箭步冲过来，伸手一横："说你们呢！对不起，你们不能上去！"

阿边大吃一惊，下意识往身上一瞄，没错，笔挺笔挺的西装，锃亮锃亮的皮鞋，这胖子的眼光咋就这么毒，穿成这样居然还能把自己认出来？他抬起头可怜巴巴地问胖子："大哥，我脸上写有字？"

胖子诧异极了："没啊？"

阿边问："没有字，你咋就知道我们是谁？"

胖子说："我不知道你们是谁，总之你们不能进去！"

老婆胆小，一听忙拉阿边："走吧，不让进呢。"

阿边感觉没面子极了，再说今时可不同往日，有西装壮胆，他把老婆的手一摔："为什么不能进？别人都进得，凭什么我们就不能进？你给我说出个理由来！”

胖子也不像上次那么凶了，赔着笑脸说：“不是不让你们进，是今天不行，你们明天来吧！”阿边一愣，说了句硬话：“我们就要今天进！”

“今天绝对不行！”胖子做了个斩钉截铁的手势，“过了今天，你们什么时候都可以进！”

阿边愣了愣，到底不是真城里人，气势一下软了下来，改换了一副笑脸，笑嘻嘻摸出一包烟递上去：“大哥，您行行好，让我们进去玩一次吧，我老婆大老远来一次不容易呀！”

“别来这套！”胖子坚决地把他的烟一推，“你们咋就这么不开窍，过了今天，你们什么时候来玩不行？难道非得要今天？”

阿边垂头丧气极了，这胖子就爱糊弄人，今天穿成这样都不让进，往后那更不用说了。就这样算了吧，又实在不甘心。正在这时，后面来了一帮民工，穿着一身工作服和解放鞋。他们健步如飞，兴高采烈地直扑入口。

胖子一见，赶紧迎了上去：“欢迎各位农民工朋友光临观光隧道，请你们一定要注意安全，祝你们玩得愉快！”一边说，一边做着请的手势，而且脸上笑得十分灿烂，仿佛看见的不是一群民工，而是一群亲人。

这群民工顿时精神一振，一个个神采飞扬，声音响亮地说着谢谢，迈开大步就登上了电梯。

阿边不敢相信地瞪着这一幕，眼珠子都要掉下来了。他一把扯住胖子：“他们怎么可以进？”

胖子说：“你没看出来吗？他们是民工。”

阿边怔住了：“我怎么没看出来，我问你，为什么民工可以进？”

胖子还没说，又来了一帮民工游客，浩浩荡荡一大群。胖子笑脸相迎，目送他们上完电梯，转过头来就批评道："你们呀，怪不得有人说我们这个城市冷漠，这个城市的人素质低，就是因为有你们这样自私的人存在！"

阿边惊喜交加，还别说，这胖子真把他们当城里人了呢！他吞吞吐吐地问："大哥，您、您说……"

胖子板着脸一本正经地教训道："作为这个城市的一员，你们咋就不能关心一下我们的民工兄弟呢？民工兄弟为我们这个城市流了多少汗，为我们的家园建设出了多少力，你们咋就没有一点感恩之心呢？"

阿边听得傻了，这世道，什么时候变了？胖子又看他们两眼，挥挥手说："回家吧，今天是我们这个城市的第一个民工节，我们观光隧道为此特设了民工专场，你们就不要跟人家抢了！发扬点风格，明天再来吧！"

阿边赶紧解释说："大哥呀，你咋不早说呢，我就是个民工啊。"

胖子打量打量他，说："民工？你拿什么证明你是民工？身为一个民工，有连自己的节日都不知道的吗？"

阿边没辙了，其实早几天宣布放假的时候，包工头就说过什么节日的，阿边也没往心里去，谁想到竟然是个民工节！

这时，老婆轻轻拉了拉他："要不，咱们明天再来吧。"

阿边一听，急了："明天？明天民工节就过了！"他拉着老婆掉头就跑，"走，回去换衣服！"

（杨金凤）

（题图：刘斌昆）

开眼界

阿义有个毛病，看到别人派头比自家大，就会闹红眼。但他的红眼病又很特别，一会儿红，一会儿又不红。比如他上街，皮夹里装着一沓钱，如果看到别人皮夹比他的厚，他就红眼，但如果再看到一只皮夹更厚的，他立刻就对前一个没了兴趣。就连媳妇也是，隔壁春花又年轻又漂亮，阿义老看老红眼，总觉得把自己媳妇比下去了，但有次进城看到一个大明星，再回来看春花时，眼睛就不红了。

西医说阿义这病没见过，中医说阿义这病没药治，这可急坏了阿义的媳妇，于是就有人给介绍了个心理医生。心理医生听阿义媳妇把阿义的情况一摆，给她出主意说："索性让你家阿义到城里去开开眼界，说不定这病能治好。"阿义媳妇一听有道理，要去索性就去北京，彻底把眼界开大。

果然，阿义从北京回来，从此就再没红过眼。

可是，阿义媳妇放心的日子过了没多久，这天突然又慌慌张张找心理医生求救来了！阿义媳妇说："医生啊，俺家阿义又犯病啦，两只眼睛又红又肿，快跟烂桃差不多啦！"

心理医生大吃一惊，说："不可能吧，北京都去过了，还要怎么开眼界哪？"

阿义媳妇说："是啊，我也这么说他呢，大世面都见过了，还有什么能让你眼红的！可他说……"

"他说什么了？"

"他说……他说这回才真长见识了。"

"怎么回事？"

"县里有领导下来视察，开了几十辆车，前面还有警车开道，吓得狗都不会叫了。村里不少人都去看热闹，俺家阿义也去了，回来说，那派头，北京也没见过！"

（晓　征）

（题图：李　加）

找的就是她

一个中年汉子，戴着一副宽大的墨镜，坐在路口的大排档旁，一个劲地喝二锅头。

老板看着不是善茬儿，就探他的口气："先生等人哪？"

汉子硬杠杠地说："嗯，俺来这儿堵一个大骗子。据可靠消息，这个大骗子要从这儿路过，她戴墨镜，穿风衣，竖着领子。"正说着，只听一阵清脆的高跟鞋响，一个身材苗条的女人走过来，戴墨镜，穿风衣，竖着衣领！

汉子跳起身来，一把抓住了女人的手腕子："你这个大骗子，终于被我逮到了！"

女人莫名其妙，问：“凭什么说我是骗子？我压根不认识你！”

汉子说：“你敢说不认识我？没去过我家？”

女人手腕被抓，挣又挣不脱，打电话又打不了，就没好气地说：“我就是不认识你！更没去过你家！我跟你没任何关系，你找错人了！”

汉子大声对看热闹的人说：“诸位，她说不认识我，也没去过我家，我现在就做个实验，当面揭穿她的谎言。我家就在街对面3号，家里的狗凶着哪，哪位仁兄敢去一趟？”

有爱管闲事的人，还真的出头了。可是，没出五分钟，就见那位仁兄以超过刘翔的速度逃了回来，仔细一看，那人衣服的后摆都被咬破了。

汉子说：“看到了吧，我家的狗看见生人就这样。这个女人不是说没去过我家吗？大家跟着我去看看我家的狗对她啥态度就知道了。”

到了街口，汉子和众人停下脚步，女人咬咬牙，紧贴着墙，一步一步挨到3号。门虚掩着，女人“吱呀”一声推开了门，里面立时狂吠一声，冲出一条牛犊似的狼狗。女人吓得眼一闭，不会动了，可是她闭了一会眼，没听见什么动静。睁眼一看，那条大狼狗正蹲在她面前，歪着头摇尾巴。

女人一看，也觉得奇怪：自己从没见过这条狗，怎么它见了自己跟见了老朋友似的？这样自己可真说不清了。想到这儿，女人挥着手威胁：“咬，咬，你倒是咬啊！”谁知她不出声还好，一出声，那条狗反倒又舔靴子又跳高，更热情了。

汉子对众人说：“大伙儿瞅瞅，我没冤枉她吧，这女人和我家的狗都混得这么熟，想骗我的钱那还不容易！快还我的钱来。”

女人见众人都倒向汉子一边，一跺脚，缓缓摘下了墨镜。

大伙儿见了，一片惊呼：“哟，这不是那个大明星么？”有人就对汉子说：“人家一首歌下来，比你一辈子挣的还多，怎么可能来骗你的钱呢？”

汉子却淡淡地说："她当然是大明星，她天天在电视上做广告，我家的狗都认识她了。"说着他也缓缓摘下了墨镜，只见他两眼肿得跟铃铛似的，"这就是用她代言的药落下的，我不找她找谁？还钱来！"

（结庐人）

（题图：顾子易）

鼾王奇遇

故事发生在江南水乡一座县城的小客栈里。这家客栈离车站不远，专门接待那些小本经营的生意人和外出打工的人。

傍晚时分，一位老大爷挎着个背包朝客栈走来，他虽年近花甲，却着实健壮，中等的个头，紫膛色国字脸，有一圈连鬓胡，说话时底气很足，是个外出打工的山里人。

"姑娘，"老大爷来到柜台边问，"有夫妻房吗？最好是便宜点的。"

服务员小李妹子见他只有一个人，便问："大爷，你是帮人租房还是自己住房？"

"自己住。"

"那，大娘呢？"

"就……就我一个人。"

"嘻!"小李妹子听了一笑,说:"大爷,您一个人住店要夫妻房干嘛?"

"我,我睡觉打呼噜,怕闹了人家瞌睡。"

"没关系,来住店的人中常有打呼噜的,您就安心住吧。再说,夫妻房也没有了。"

"这——"老大爷犹豫了好半天,说:"姑娘,我呼噜可大呢,以前住过两次店,半夜里被人家赶了出来。所以这次我想一个人独住。"

"啥!"小李妹子忍不住大笑起来,"大爷,您就尽管放心住吧,出钱住店,人人平等,我们怎能赶您走呢?"

"那,"老大爷看了看天色,说,"就住下吧。"

就这样,老大爷住进了这家客栈四楼的一个大间,共有六个铺位,一晚只收四元钱,比起宾馆里十元、二十元一晚的铺位来要便宜多了。

老大爷是在车站边的小餐馆里吃晚饭的。回到客栈不一会,大间里就住满了人。房间里设备很简单,六张床,一只桌子,桌上除了两个热水瓶和六只杯子外,就只有一台黑白电视机了。

在看过一部武打片又换过几个频道均无好节目之后,电视机就被一个年轻人关掉了,他也不管别人还想不想看,哈欠一来就想睡觉。幸好奔波了一天的几个生意人也无心再看那些"天南地北"、"经济纵横"之类的节目,于是一个个倒头便睡。

老大爷喝了一会儿茶,又抽了一阵烟,这才扯熄电灯磨磨蹭蹭地脱衣上床。

刚躺下还不到两分钟,呼噜声便从老大爷床头发出来,把五个正要进入梦乡的人扰醒了,一个个睁大了眼睛在黑暗中向发出鼾声的地方窥视。

人们常说“鼾声如雷”，一点不假。这位大爷打起鼾来连他身下的木板床都震得不住地颤抖，床的四只脚在地板上做着有节奏的移位，不一会儿就离开墙壁寸把远了。而且，靠走廊这边的窗户，因为有一块玻璃没了，是临时糊上的白纸，由于鼾声震动空气，白纸也发出了“悉悉嗦嗦”的响声。这鼾声呼出时像牛吼，收音时还拐个弯儿。更令人笑破肚皮的是，鼾声一高一低对唱似的几个轮回后，老大爷又“巴嗒巴嗒”咂几下嘴巴，像在回味白天品尝过的美味佳肴。“哈哈……”大间里睡不着的五个人不约而同地大笑起来，那个年轻点的后生笑得直喊妈。

这时，有个胖子扯亮电灯，推了推老大爷，说：“大爷，大爷，您醒醒，您醒醒！”推了好一会，老大爷才迷糊地说：“推啥呀，天快亮了吧？”众人又忍不住大笑起来，胖子说：“不是天快亮了，是楼快震垮了。我说大爷呀，您老打鼾不能轻点声吗？您叫我们怎么睡呢！”

“哦，是了，我，我不打鼾就是。”老大爷马上拿了他的毛巾含在口里。大家看他两眼闭着，鼻翼一鼓一鼓地还真没了鼾声，众人这才熄了灯放心睡觉。

不知什么时候，鼾声又起，而且大作。胖子再扯亮灯一看，大爷口里的毛巾早已掉在地上了。年轻人恼了，从挂在门后的鸡毛掸上拔下根鸡毛来，撕掉了细绒毛，就用那细梗样的东西在老大爷的耳朵里、鼻子里用力地鼓捣，边捣边说：“我看你鼾！我看你鼾！你怎么不鼾啦？”

年轻人这一捣，捣得老大爷一骨碌爬起来，连打了好几个喷嚏。大爷也恼了：“是哪个混帐小子不让我好好睡觉？”

“好呀！你这个老鼾鬼！你不让人睡，还骂人！你让不让人活呀？”年轻人火了。

“我怎么不让你活啦？”

“你打鼾！”

“打鼾也犯法？小李姑娘讲的，出钱住店，人人平等。你管我打不打鼾，我又不是故意的！”

小李妹子已经下班了，接班的是一个中年妇女，听到争吵赶来相劝，说就这一晚，天明大家就各自西东了，相互关照点。可年轻人不依，非要客栈给老大爷另外安排。中年妇女说明已经没有房间了，年轻人便吵着要退回房钱，他宁愿半夜三更再去找一家旅馆。这一闹，惊动了其他房间的好多旅客，时间还不到十二点，一个个上楼来看热闹。

正在争吵时，忽听楼下有急重的脚步声，很快来人就挤进人群，气喘吁吁地问：“请问，大约两分钟前是谁在打鼾？”“就是他！”年轻人以为有人来帮忙了，忙用手朝老大爷一指，“闹得我们这些人都睡不好！”

“哎呀！老大爷，我可终于找到救星了！”来人急步走上前，握住老大爷的手说：“我是电影制片厂的导演，正在拍一部电视剧《鼾王住店》。我是被您的鼾声引来的啊！我们这个剧本是通过一个乡下鼾王住店的事来反映社会人情冷暖。现在万事俱备，就差一个演员了。我看您的长相、神态活像剧本中的那个鼾王。如果您来演，可以直接进入角色，省却了许多麻烦。大爷，我们出高薪聘您，您看如何？”

“我？演电视剧？能行？”

“您别慌，”导演说，“还有个演员在您身边充当您的儿子，他的舞台经验足，可以帮您一把。”

“这——”老大爷还有些犹豫不决。所有看热闹的人都觉得不可思议，刚才还讨人嫌的鼾鬼一下子要当电影明星了，一个老实巴交的山里人也有吉星高照的时候，真逗！

刚才还气鼓鼓的年轻人马上一副笑脸地对老大爷说：“干得，大爷，当演员也没巧，那也是人演的唷！既然导演看上您了，准没错。演戏不就是跟日常生活一回事么，您要稳不住台，我演您儿子好了，保您成功！”

“得，得！”导演说，“我就差一个主角，演他儿子的早就有了。”

“哄”的一声人们都笑了起来，年轻人搔了搔后脑勺，鬼笑一声站一边去了。

这时候，楼下又响起了急重的脚步声，一个年轻人冲进来：“请问，五分钟前这里是谁在打鼾？”

啊！又来一个找打鼾的！

这一次，年轻人没作声，老大爷也没作声，其他人更不好作声。只听导演问：“你找打鼾的干什么？”

“你不用管我干什么。”来人说，“我请他帮我做事，吃我的，月薪200元，暂定合同七年。月薪逐年按10%递增计算，工作期间生疮害病、打针吃药全由我承担。”

啊！这种机会哪里去找？老大爷的心动了，因为他这回上县城，本来就是想找些什么活路干干。他盯着来人问：“你说的当真？”

“谁骗你？合同是要经过公证的，是受法律保护的。”来人忽然又问道，“哎？看来，您就是那位鼾声如雷的人了？”

“我就是。”老大爷说，“不过，你还得让我明白，为什么要让我这个鼾声如雷的人为你做事？”

“大爷，在这里就不说吧，您只要一上班就知道了。”

“那可不行，”老大爷说，“我帮工光明正大，你请人也要光明正大。你这样神秘兮兮地叫人怎么说我？”

“唉，”来人苦笑着叹了口气，说，“其实也没什么不能公开的，既然您老硬要我讲，我也不怕家丑外扬了——”

原来，来人名叫周云天，是本城东郊乡罗弯村的村民，三年前他承包了村里的十亩柑橘林，由他们夫妻两人同父母一起经管，一家人风里来雨里去，吃辛吃苦，汗水淋淋。果然，柑橘长势越来越喜人，秋来一片橙，硕果满枝头。他们家赚了不少钱，头一年就盖了一栋楼房。可谁知到第二年秋天，村里的几个无赖趁柑橘熟了的时候，时常半夜里三五成群地潜到林子里偷柑橘，不但柑橘被摘，而且枝毁叶伤，周云天心疼极了。周云天的爹满屯老头便搬到柑橘林子里住下，又养了两条狼狗。那两条狼狗被满屯老头训练了以后，从不出林子，而且只要有人进柑橘林就咬。几个无赖想毒死狼狗，可狼狗从来就不吃外人扔到面前的东西，所以他们对狼狗毫无办法。又因为满屯老头是村里有名的鼾鬼，一躺下就打鼾，而那两条狼狗又不离满屯老头左右，所以村里人都明白，不管白天黑夜，只要林子里有鼾声，就一定有狼狗，就决不能进柑橘林去偷。村里有条不成文的规定：狗是防贼的，偷东西给狗咬了，主人家是不负责任的，就是到乡政府也告不响，谁还敢进林子？可没料到的是，今年开春不久，满屯老头一场大病死了。

满屯老头死后，周云天似乎没了靠山，连那两条狼狗都不听他的指挥。今年秋收怎么办？周云天思前想后，决定聘请一位看林子的人。有个经商柑橘的朋友告诉他，要想继续发挥狼狗的作用，最好请一个也能打鼾的人，据说这里面有一点科学道理，叫什么“狗的条件反射”，因为狼狗听惯了满屯老头的鼾声，这鼾声能刺激它达到最佳亢奋状态，从而实现为周家护柑橘林目的。周云天觉得有道理，于是一到晚上就尽量抽时间骑了单车在大街小巷里穿行，寻找一个满意的鼾鬼。他已经找了整整一个星期了，今天绕过车站时，忽然听到了一个奇特的鼾声，而且跟他老子的鼾声有些相似，惊喜之下便寻声而来。

大家一听，这简直是海外奇谈，不觉都大笑起来。老大爷也乐了，笑着对周云天说："你这么抬举我，我哪能不去！不过，我那老伴跟我吃了一辈子苦，我帮你一走七年，能不能把她接来住在一起？她也可以安心啊！""太好了！"周云天喜得跳了起来。

"哎哎！"导演急了，拉着周云天说，"我的事还没了呢！""你有什么事？"导演对他讲了请鼾王拍戏一事。

周云天听后一笑，说："这好办，眼下收橘还有四个月，我给你三个月的时间拍戏，留一个月让老大爷去训那两条狼狗。"

"一言为定！"导演在周云天肩上擂了一拳，又提起老大爷的背包，说："大爷，摄制组的车在楼下，我们还是到摄制组的包房去睡吧。在那里，您把打鼾的本事都使出来，决不会有人赶你走！"几句话说得大家都笑了。

导演又握住周云天的手，说："云天同志，三个月后我把鼾王送到罗弯村，再给你拍一部《柑橘林风光》，那时，你就是这部风光片的主角。"

"不，"周云天说，"主角还是老大爷。"

"哈！"鼾王也笑了，"还有那两条狗呢！"

（欧湘林）

（题图：黄世坚）

北佬吃饱了

从前，在德克萨斯有一条公共马车路线，它经过一座叫克姆敦的小镇。镇上有个小饭馆。马车经过克姆敦的时候，总在这儿停歇，因为赶车的和饭馆老板有默契，饭馆老板免费让赶车的吃饱喝足，赶车的则将一车乘客送进饭馆就座。饭馆老板心太黑，他想方设法要把赶车的白吃他的从乘客嘴上抠下来，所以每回乘客吃饭，总要等上大半天，老板才叫伙计上菜，而乘客们三口饭下肚，车就要上路了。有时候留下整只鸡整只鸭，老板就拿来招待下一轮顾客。

这天傍晚，一辆满载着乘客的公共马车正驶向克姆敦。车上，一个男子对另一个北佬模样的人说："咱们距离克姆敦只有五英里了。"

"真是太好了，"北佬说，"我已经饿得像猎狗一样了。"

“那我只有对你表示同情了，”那个人说，“我跟你一样饿得慌，但你看着吧，等不及咱们三口饭下肚，车又要上路了，这是那家饭馆的老花招。”

“管他花招不花招，”北佬说，“我反正要好好吃顿饭。”

“这一点也许没问题，”那个人说，“不过这样一来，你肯定坐不上车。”

北佬挺有信心地望望大家，笑着说：“打个赌怎么样？我既能吃顿饱饭又耽误不了坐车。要是做不到，我就请在座的各位吃晚餐。”

那个人一听就笑了，说：“真不好意思让你破费，不过我敢打这个赌，因为我对这家饭馆太了解了。你还可以在赌注里添上雪茄和甜酒，今晚到哥伦布时，咱们会来得及享用一顿真正的晚餐。”

果然，车到克姆敦时，为这班车旅客做的晚饭还没有准备好。等到饭菜上桌时，一个伙计把住门口，乘客们每人先付钱，然后才进去吃饭。可是，刚刚咽下几口，饭馆老板便大喊大叫闯了进来，说是马车已经套好，马上就要上路，因为邮件已经晚点，赶车的不肯再耽搁半分钟了。乘客们慌慌张张地冲出门去，当然没有谁愿意被丢在克姆敦。只有那个北佬例外，他仍旧坐在原处，继续吃他的饭。一口又一口，他以惊人的速度让美食佳肴顺喉而下。

“你要误车了，朋友，”饭馆老板瞪着眼睛提醒他。

“没关系。既然交了钱，我就不能白交。”北佬一边说，一边抓起别的乘客动也没时间动的一只火鸡，津津有味地啃了起来。外面，公共马车已经上路了，马蹄声渐渐远去，可北佬依然坐得稳如泰山，吃得有滋有味。

“最后，”他对老板说，“我想我得来杯牛奶，再加几片面包。”

老板无可奈何地耸耸肩，只好照办。

“非常感谢，”北佬说，“不过我想我需要一把汤匙来吃这玩艺儿——我总不能用手指头来舀吧？”

“汤匙？”老板的眼珠瞪得差点儿掉了出来，因为他发现刚才桌上还明明摆着十来把汤匙，而且是真正的银质汤匙，可现在竟连一把都不见了，只有一把咖啡壶，孤零零地放在桌子中央。老板吼了起来：“这帮下流的偷儿，我饶不了他们！”

“哦？也许是这样，”北佬说，“可这也不能全怪车上的那些乘客，对不对？谁愿意交了饭钱却什么都没得到就走呢？”

“天打五雷轰的！”老板吼道，“看我怎么收拾他们！”话音未落，人已冲向马厩。

约莫过了半个钟头，当北佬已经把桌上的食物点滴不剩地消灭完之后，只见那辆马车“咔嚓咔嚓”地回来了。北佬站起身，打了个饱嗝，伸伸懒腰，踱出门外，爬上马车，跟他的老旅伴们坐在一起。

“等等！等一等！”饭馆老板叫道，是他追回了马车，还搬来了警察局长。过路人都聚拢来看热闹。

饭馆老板朝着北佬嚷道：“我要你指出那些偷了我汤匙的贼。现在我请来了警察局长先生，他们会叫这伙盗贼清醒过来的。”

“哦，先生，”北佬拖着长音说，“我想如果您往您那咖啡壶里瞧，您大概可以找到那些汤匙。看来是您闹误会了。再见，非常感谢，我付了五角钱就能吃得这么好，这在我可是从来没有过的。您千万不要把这件事告诉下一班车的人啊！”

（编译：羊本荣）

（题图：张恩卫）

对症下药

叶总经理自从当上总经理以后，由于饭局增多，酒量一天比一天提高，成了远近闻名的“酒坛子”。

这天晚上，他去宾馆赴宴，酒足饭饱后，大家又进了歌舞厅，每人一个包厢，还要了个“三陪”小姐做伴。叶总经理经不住怀里小姐的软缠硬磨，又灌下了十几听“蓝带”，终于使“酒坛子”也晕乎乎的，眼神朦胧了。

深夜时，大家从包厢里出来。有人见叶总经理摇摇晃晃的，要送他回家。叶总经理笑笑说：“你以为我醉了吗？早着哪，再来一瓶二锅头，我照样自己开车回家。”说完钻进了他那辆轿车：他不但有自己的车，而且经常自己开，特别是出去玩，他从不带司机，怕司机成事不足，败事有余。

可今天不知怎么搞的，他上车后，头发晕，眼发花，方向盘也握不稳。他明白这是酒醉的反应，也知道酒后开车违犯交通规则，可他堂堂总经理，加上“酒坛子”的名声在外，岂能说了话不算数！于是牙一咬，开起车子就跑。

车速很慢，路上人少车稀。照理说不大会出事的，但叶总经理的车却扭秧歌似地左右晃荡，晃了没多少路，就“咣”地一声撞到路边的护栏上去了。护栏毁了，汽车翻了好几个身，人不用说已经鲜血淋淋而不会动弹了。多亏一辆出租车路过发现，司机才将叶总经理从破车里拖出来，送进医院抢救。

医生给叶总经理作了全面检查，发现他只是腿部受了重伤，流血过多，别的没什么问题。于是决定立即给他输血。经过一阵紧张的准备，200毫升血很快灌进了叶总经理的体内，可是无济于事，他依然昏迷不醒。

外科张主任觉得奇怪：怎么会出现这样的情况？他怕病人另有隐性致命伤害，急忙又一次对他进行全面检查，结果什么也没发现。张主任说：“再输血。”

又是100毫升血液流进叶总经理的血管里。但他还是毫无反应，照旧没有醒来。医生、护士一个个都呆住了，心想：这可怎么办呢？忽然，张主任想到了一个人，便对护士说：“快去把老周主任请来。”

老周主任是个退休医生，退休前也是这里的外科主任，因此前边加个“老”字，以区别现任外科主任。老周主任从事外科多年，临床经验丰富，所以每当碰到疑难杂症时，便要想到他。他呢？当然也不负众望，往往是老将出马，一个顶俩。

没多少时候，老周主任来了。他围着叶总经理，这里看看，那里摸摸，还闻闻他的脸面，又看了血液化验单，然后说："没事没事，谁去拿瓶酒精来，保证药到病除。"人们虽然弄不清他葫芦里卖的什么药，但酒精还是很快拿来了。老周主任毫不犹豫地说："输！"

他一个"输"字，可把所有在场的人都惊得目瞪口呆，一个个心里在想：这老头是不是今天酒喝多啦？给病人输酒精，该有多危险！张主任也觉得事关重大，便上前说道："老周主任，这样合适吗？"

老周主任大声说："你怎么也变得婆婆妈妈啦？这是治病救人！快输，要不就来不及了。"

酒精很快就输进了叶总经理体内。不一会儿，只见他鼻翼开始扇动，眼睛也眨了一下，果然慢慢地苏醒过来了。

这时，大伙才松了口气，张主任抹了一把汗水，问道："老周主任，您怎么想到用这个办法？这可是医学文献里没有的呀。"

老周主任笑笑说："这叫做对症下药，这个病人我认识，他原来不会喝酒，自从当了总经理后，公款吃喝培养他成了有名的'酒坛子'。由于他'革命的老酒天天醉'，血液里酒精浓度过高，他也适应了这种酒精血液。你给他输血，就如输水，反把酒精浓度冲淡，不但无济于事，反有危险。只有输酒精，以毒攻毒，才能奏效。"他这番话说得张主任哈哈大笑。

据说，从那以后，叶总经理的外号改成了"输酒精"，许多人碰上他都要打听缘由，害得他再也不敢喝酒了。

（左克平）

（题图：魏忠善）

偷车这点儿事

有苦说不出

在偷车贼中，刘顺是个响当当的人物，如今，他的弟子门徒都一大帮子了。

近日来，却出现了一件怪事，一辆半新不旧的富康车总是在刘顺地盘上跑，车后窗还嚣张地贴着一幅标语："偷车的龟儿子，有种你来偷车试试，老子灭了你！"

刘顺见了虽然气愤，但他还是一直忍着，一来，他一贯只偷名车，对这种富康车不屑一顾；二来，他知道这辆富康车不容易偷，人家敢公然叫阵，肯定早有防备。

刘顺忍着，可他的小徒弟却忍不住了，当天晚上，小徒弟就一个人偷车去了，但这一去就没有了消息，直到天亮，小徒弟还没回来。

好些天后，刘顺突然接到警察打来的电话，说他的侄子偷车时被抓，经审判后被关起来了，因为天冷，要刘顺送几件衣服过去。刘顺惊得半天说不上话，他只好收拾了几件衣服，还带上了一只烧鸡给小徒弟送去，号子里没什么好吃的，给小徒弟捎上点，安慰安慰，人家才不会供出他刘顺来。

刘顺见到小徒弟时，只见小徒弟整个人像霜打的茄子，蔫头耷脑，连两只手都藏在桌子底下不敢露出来。刘顺将带来的衣服放在桌上，又将带来的烧鸡推到小徒弟面前。

小徒弟显然饿极了，一见烧鸡立马低头就去啃，也不用手拿，只一味地用嘴去啃，猪拱食似的，结果肉一口也没啃到，倒拱得烧鸡满桌子打滚。

刘顺看到小徒弟这副窝囊相，顿时来气了，当着警察的面又不好说别的，就训斥道："你手断了？不知道拿着烧鸡？"

小徒弟哭丧着脸，结结巴巴地说："我手上有东西。"

刘顺一听更来气，手上有东西？不就是戴了一副手铐吗，戴上一副手铐就不敢拿出来见人，有这样的羞耻心还怎么成就一名出色的偷车贼？

刘顺抓住小徒弟的胳膊就猛地往外拽，怒道："我就不信戴着手铐就拿不了烧鸡！"

刘顺这一拽，没能将小徒弟的双手从桌子底下拽出来，倒磕得桌子"咚咚"直响。刘顺低头一看，也傻眼了，小徒弟的两只手上并没戴手铐，而是紧紧地握着一只小车的方向盘。刘顺那个气呀：说去偷车，却偷来一个方向盘，还宝贝似的攥在手里，这徒弟脑子进水了还是咋的？

当着警察的面刘顺又不敢直接说破，只得拐弯抹角地骂：“好小子，你是贼性不改，偷了个方向盘就当宝了，抓在手里舍不得扔？”刘顺这一骂，小徒弟臊得满脸通红，头快低到裤裆里去了。

警察不知就里，上前说：“你也别骂了，怨不得你侄子，他也想将这方向盘扔了，可扔不掉呀！人家车主在方向盘上抹了强力胶，你侄子一上手就粘住了，挣了一夜都没挣脱，眼睁睁地等着被抓。这不，卸下方向盘才将他从那车上带出来的。这车主真有意思，算是给你侄子吃足苦头了，别的不说，蹲在号子里，双手粘在方向盘上挪不开，吃饭解手都不方便。你想想看，一双手上整天粘着个方向盘，怎么可能方便呢？”警察说着说着也忍不住笑出声来。

刘顺气得不行，这富康车主是有意与他们结梁子了，不但写出那样气人的标语来，还用这样的手段来整偷车人，看来，不使点厉害的，人家还不知道马王爷长几只眼了！

大意失荆州

刘顺揣着一肚子气回到家，他的大徒弟说：“师傅，这事在道上都传开了，说是人家在车上贴标语主动挑战，师傅好些日子不敢搭理人家，好不容易师弟出手了，却被人家整得出尽了洋相，这件事都成道上朋友的笑柄了。”

刘顺恨恨地说道：“放心吧，我会出手教训那不知天高地厚的车主，别的不说，贼争一口气，他那么张狂地耍我徒弟，我要他没地方买后悔药去，我今晚就去顺了他的车。”

“顺”是他们的行话，就是“偷”的意思。

大徒弟立即说：“不劳师傅动手，人家整了我师弟就是打了我的脸，我今晚去会会那辆破富康！”刘顺想，徒弟尽得自己真传，偷车技术远在小徒弟之上，由他出马应该不会有什么闪失，便点头应允了。

当天晚上，等到夜深人静时，大徒弟来到小区，见小区的保安正坐在值班室里，栅栏门也关着。大徒弟不慌不忙地点了一支烟就去敲保安室的门，保安打开门，他一口烟喷在保安的脸上，保安当即就迷糊了。大徒弟将保安扶到椅子上坐下，取了钥匙，开了栅栏门，这样，待会儿他开车出来就畅通无阻了。大徒弟在院子里找到那辆富康车，没费吹灰之力就把车内警报器变成了哑巴，然后打开了车门，坐上了驾驶座，脱下衣服，往方向盘上一盖，再拉衣服时，衣服就已经牢牢地粘在方向盘上了。

大徒弟不由轻轻地笑了，不就这点把戏？蒙上一件衣服就搞定了。接着，大徒弟将手伸向线路盒，他多了个心眼，没敢用手去碰，而是取了一把钳子，钳子一挨着线路盒，就听“嗒”的一声，一个铁夹子猛地夹过来，一下子就将钳子夹得牢牢的。好险，要是用手，自己已经被夹住了，大徒弟顺利地打开了线路盒，拉出电线，三下五去二，两秒钟就接上了线，只听“嗡”的一声，车子的引擎就响了起来。

“小样，就这点机关也想算计我？也只能算计算计我师弟那号角色！”大徒弟笑起来，往椅背上一靠，长长地吁了一口气。一口气还没吁完，就听“啪啪啪”三声，椅背旁边猛地弹出三根钢条，牢牢地将他绑在椅子上，他顿时动弹不得。

大徒弟这下着了慌，大意失荆州啊，怎么就没想到椅子上还有机关？挣是挣不脱了，看来要想逃就只能卸下座椅了，好在大徒弟还有一只手没被绑住，他也算有能耐，卸了两个小时，人累得快虚脱了，手也磨破了皮，总算将椅子卸下来了。大徒弟好不容易连人带椅子下了车，就听三楼有人冲他喊："大哥，你不偷车了？忙活这么半天，就为偷一把椅子？不划算啊！"

大徒弟气得直咬牙，看来，人家一直在窗口瞧自己的笑话呢！但此刻大徒弟也顾不得这么多了，迈步就跑，可屁股上兜着那么重的一把椅子，哪跑得动！

大徒弟一迈步，椅子磕着腿，人就跪下了，而那车主还在喊："大哥，你可得抓紧时间跑，我现在开始打电话报警了，我估计得不错的话，警察还有五分钟就能赶到。五分钟之内，你要是逃脱了，那这椅子就归你了。"

大徒弟哪受过这般奚落，但没法子呀，逃命要紧。他爬起来又跑，那样子滑稽得很，背着把椅子，弯腰弓背屈腿，迈着小碎步，像只乌龟。大徒弟刚挪到小区门口，一辆警车已经在那里等着他。

刘顺见大徒弟去了好几个小时还没有消息，他在家里就开始坐不住了，毕竟有前车之鉴啊，他得赶去看看。也巧，刚到小区门口，刘顺碰上大徒弟背着椅子被警察押着往警车上挪，那样子真是要多丢人有多丢人。

大徒弟瞥见了刘顺，垂头丧气地摇了一摇头，尽在不言中啊！

刘顺愣了半天神，怎么大徒弟也栽了？刘顺气得直咬牙，贼争一口气，他说什么也得偷了那辆富康车。

刘顺憋了整整一天的气，这天晚上，他亲自出马了。他知道，两个徒弟既然都栽了，对方就有过人之处，大意不得，所以刘顺做了充分的准备。

偷车这点儿事

富康车上又重新装上了方向盘和座椅，防盗警报灯也重新亮了起来。刘顺不费吹灰之力，摆平保安，打开栅栏门，破了警报器，打开车门，包住方向盘，椅子是有机关的，他拿个扳手，捣一下椅背，“啪啪啪”，三根钢条弹了出来……一个个机关都被刘顺破了，姜还是老的辣，刘顺心想：“小样！你的车我就不客气地开走了，也算是你整我两个徒弟的代价！”

刘顺轰着油门，车子嗡嗡作响，可就是不挪动半分。怎么回事？他将油门往下再送了送，车子还是不动弹。

邪门了，这是什么破车？刘顺一脚将油门踩到底，引擎嗡嗡叫得要多响有多响，按理，这样踩油门，车子早像兔子似的跑起来了，可这车硬是趴在原地没动静。

刘顺偷了这么多年车，还没碰到过这种事，他只得停下来检查，刚低头察看呢，就听“嗒”的一声轻响，车门被锁死了。

不好，有人遥控锁车了，刘顺立即去推车门，车门纹丝不动。

车开不走，车门打不开，刘顺只能像两个徒弟一样，眼睁睁地被捉了。

不一会儿，警察来了，车主也来了，将刘顺戴上手铐押下车时，刘顺还心有不甘，对车主说：“算你狠！我们师徒三人都栽在你手上了，只是你也别得意，老子今天是运气差了点，碰到你的车子坏了，要不然，车早被老子开走了。”

车主一听乐了：“贼大哥，你以为你开得走我的车？那我还敢贴那样的标语满街招摇？实话跟你说吧，你就是鼓捣上一年，也甭想让这车挪动半步。我这车就只有一个车壳和一个引擎，是专引你们这些贼上钩的摆设，这哪是车，道具罢了。”

刘顺懵了：“怎么可能？那你平时怎么开得动它？”车主笑吟吟地打开了旁边的一个车库，刘顺往车库里一望，顿时傻了眼，车库里停着一辆富康，从外型到车牌号，与这辆车一模一样！

刘顺千算万算没算到人家有这一手，怪不得师徒三人都栽了，自己是在对一堆废铁下手，这跟头栽得离谱了……

打不开的门

后来，师徒三人被释放出来，三个人又迫不及待地要去偷那辆真富康，这辆车没偷出来，他们没脸在道上混。当夜，他们就动手了，三个人径直去了车库，刘顺开车库门，两个徒弟望风。

刘顺是开锁的高手，他深得师傅“八秒圣手”的真传，无论多么难开的锁也不过八秒钟就能打开，很少失过手。这天晚上却怪了，刘顺一打开锁，车库门内立即就响起“嗒”的一声轻响，门又重新锁上了，他开了几次都这样，刚打开就又被锁上，就是开不了门。

刘顺心里发毛了：这车库的锁是咋的，难道里面有智能机器人，专管上锁的？看来，这车主名堂多，不好对付。

刘顺窝着气，心想：“既然老子不能开门偷车，你车主也别想开门用车！”他冲大徒弟做了个手势，大徒弟立即明白了师傅的意思，去附近的店里偷来了一个氧焊机，刘顺也顾不得有没有动静，操起焊嘴就将车库门的四周全焊死了。

第二天早晨，刘顺特意去小区等着，看车主如何费力开门。这一等就等了一天，因为这天是周末，车主不出门。

刘顺好性子，又等了一天，他铁了心要看车主如何气急败坏。

这天早上，车主总算下了楼，来开车门，一见车门被焊死了，气得骂娘，没办法只得请人来切割车库的门。看着车主在那里忙活，刘顺心里总算平衡了一些。

大家七手八脚地切开了车库的门，打开门，只见一个老人颤巍巍地从车库里走了出来。刘顺在远处一望，眼瞪直了，那老人竟然是他的师傅“八秒圣手”！

车库里突然走出个人来，车主他们也愣住了，只听“八秒圣手”可怜巴巴地对车主说：“我不就是想偷你一辆车为我的徒子徒孙们出口气吗，再重的罪也不是死罪呀，你居然下这样的狠手，将门焊死，想将我活活地饿死闷死在里面？一天一夜啊，我这条老命差点就没了。早知这样，你前天晚上发现我进了车库，想开门抓我，我出来就是了，我一再地锁什么门啊！”

听了这话，刘顺差点就晕了过去，他眼睁睁地看着师傅被大家送往派出所。

唉，师徒三代都想争一口气，却都将自己送了进去。

（方冠晴）

（题图：魏忠善）

智能防盗门

王教授自从家里被盗后，下定决心自行研发新型的智能防盗门。功夫不负有心人，终于新型的智能防盗门上了岗，为此报纸上还做了专题报道。

刚好有个惯偷也看到了那则报道，他想，自己什么样的门没见过，还不是一样轻轻松松就搞定了，再说自己白天时间大多泡在网吧里，多少也算是半个电脑专家了，因此就不信这个邪，看清了报上写的地址后，就想会一会这扇智能门。

惯偷就是不一样，也不急着下手，而是装成收旧货的先到教授所在的小区侦察了一番，了解到教授白天家里没人，因此就来了个白日闯。

教授家在三楼，惯偷三步并作两步就上了楼，拿眼睛的余光扫了一下几个墙角，确认没有安装摄像头，于是就放心大胆地研究起了那扇智能防盗门。

要说这门在外表上与普通的防盗门没多大的区别，只是在门的正中央多了一个小小的电子屏，边上还有一排按钮。惯偷用手轻碰了一下门，那个显示屏上就跳出了一行文字："欢迎使用智能防盗门，开门请按确认键。"惯偷找到了那个"确认"键按了一下，随后屏幕上又跳出一行字："请回答下面的问题，答对三题门将自行打开。"

惯偷想，自己读书时最怕回答问题了，只能硬着头皮试一试。正在这时，题目出来了："1 加 1 等于几？"一看到这个问题，惯偷险些笑出声来，正想按下 2 字键，一想不对，问题不可能这么简单，会不会是有意考验人，于是试着按下了 3 字键，不想屏幕上随即出现了礼花："恭喜你，回答正确！"随后又跳出："你现在在几楼？"这不是三楼嘛，惯偷又想按 3，但最后还是想当然地按下了 4 字键，屏幕上又是礼花又是恭喜。"你是这家的主人吗？是按 1，不是按 2，不清楚按 3。"对于这题，惯偷毫不犹豫地按下了 1 字键。

这时奇迹出现了，只听得"啪"的一声，防盗门打开了，透过防盗门往里一看，里面的灯也在相继打开。惯偷可高兴了，谁说智能的东西攻不破，自己不还是三下两下就搞定了，于是大步走了进去，身后的防盗门自行关闭了。

也许是太相信防盗门了，里面不仅所有的房门没关，就是书桌、衣柜什么的也都没有上锁。因为知道教授家白天没人，惯偷也就不慌不忙地一间间翻起了值钱的东西，好不容易把所有值钱的物品打了包，这才心满意足地准备离开。

当他走到防盗门前时，一看吓了一大跳，这门上写着："开门请按 110！""110"可是他平生最惧怕的。这门真的特别，除了门边有个数字键外什么也没有，还是从窗户或别的地方出去吧，可找遍了所有的房间，愣是没有找到一个窗户。这是什么鬼房子，连个窗户都没有。

转了几个圈，还是回到门边，取出随身带来的小撬棒，可门上连个锁孔也没有，而且门缝也很小，自然一点用场也派不上。看看实在没办法，只得试着按下防盗门上的110键，然而门却一点反应也没有，连试了好多次，还是没有反应，再试按别的数字也是如此，惯偷急得双脚跳，只得用力敲门叫人。

就在这时，门“啪”的一声开了，惯偷正想出去，却与门外的人撞了个正着，抬头一看却是教授，后面跟着两个警察。

教授冷笑着说："你小子智能的也敢偷，告诉你吧，这门是我特地为你们这些人设计的，那些问题随便答什么都对，没想到吧。里面的键可是万万按不得的，你一按，我手机上就反应出来了。"

“你的房子怎么没有窗户？”惯偷绝望地问道。“不会吧，你回头看看。”惯偷回头一看，只见每个房间都有窗户，而且还没装防盗栏，惯偷更是一头的雾水。

教授笑着说："你用显示屏开门，那些安装在窗户上的防盗板就会自动把窗户封起来。不过，考虑到你们不习惯，所以开门的同时，所有的灯会自行打开，这样里面就显得很明亮了。"

惯偷还是不解："那现在怎么有窗了？"

教授扬了扬手中的磁卡，说："这个嘛，因为我一直是用磁卡开的门，当然就很正常了，你那是非正常开门！"

（朱闻麟）

（题图：顾子易）

请你动动脑筋

常言道：家家有本难念的经。面包店老板乌尔夫诸事顺心，可一提起儿子来，他却大摇其头，虽然自己是个滴水不漏的生意人，养个儿子却老实得直冒傻气。

这天一大早，乌尔夫就朝儿子板起面孔来，起因是儿子给顾客拿错了袋子。

乌尔夫训斥道："你怎么不动脑筋？那个顾客只买三只小面包，你为什么给他一个大袋子？你这不是浪费吗？"

儿子显得很委屈："我也不知道他要多少，他一会儿这种要一个，一会儿那种要一个……"

"那你就不能先问问吗？还有，面包做那么大干什么？要小一点，小一点，现在人们胃口都很小。而且……”乌尔夫想了想，说，“吃完了还可以再买！”

“知道了！”

“动动脑子吧，你这傻瓜！还不快去做面包！”

说完，乌尔夫一边重新布置橱窗，一边继续生儿子的气。他这儿子，日后将子承父业，不过，这孩子不是做大事的料，看来想要再开一家面包店的梦想，只能由自己来实现了。但眼下手头不宽绰，到哪儿去筹措资金啊？只不过，蛇有蛇路，蟹有蟹道，天下事还难不倒他乌尔夫……

想到此，乌尔夫心里不由冲动起来，未来掌握在自己的手里，他要采取行动了！

下午一点钟，乌尔夫便关门“打烊”，他对儿子说：“面包做好了，就放进烤炉中，我出去一会儿，记住，千万不要烤焦哇！”说着出了店，坐上一辆乳白色送货车。

半小时后，乌尔夫驱车来到一家钟表店，他左右张望了一下，发现周围没有人，就迅速往脸上套了袜子，然后一个大步冲了进去，掏出手枪顶在店员的鼻子底下，用沙哑的声音喝道：“快，把最贵的劳力士给我拿出来！”

店员吓得浑身哆嗦，立即照办。数分钟后，乌尔夫就用塑料袋拎着名表离开了钟表店。上了车，他一把扯下袜子，发动汽车，风驰电掣般驶离现场。几分钟后，乌尔夫从后视镜里向后张望，发现居然没人跟踪他！他打了个响指，狂笑起来：“哈哈，我干得太漂亮了！”

在确认安全后，乌尔夫将车停在店门口，走进了面包房。此时，儿子还在焙面包，见父亲回来了，忙打招呼道：“爸爸回来啦！”

乌尔夫刚要应声回答，却猛地发现，橱窗外面不知什么时候停了两辆汽车，其中一辆竟然是警车，有几个人跳下车正往这里来。

乌尔夫脑袋“嗡”的一下大了，骂了声“见鬼”，随即将装手表的塑料袋塞进儿子手里，紧张地吩咐道：“想办法把它藏起来！藏起来！”

说话间，那些人已走到面包店门口。乌尔夫连忙主动迎上前，带队的警察立即亮出证件，说是刑侦队探长，并解释道：“有家钟表店被抢，据目击证人说，嫌犯开着一辆白色送货车。经调查，您这儿就有这么一辆车，我们公事公办，请您谅解。”

乌尔夫虽然心里直敲小鼓，但还是强打精神，满脸堆笑地说：“那是，那是！公事公办。”

接着，警察开始检查那辆白色送货车，从驾驶室一直搜到后备厢，又拿榔头敲敲轮胎，确定无误后，便进店一片一片搜查。

这时，乌尔夫的儿子就像什么也没发生一样，在工作间镇静自如地做着面包，只见他打开烤炉，把几个刚揉好的面团放了进去。探长走过来亲自搜查，并要求打开炉门，忙活了好一阵子，最后探长说：“没有什么问题，打扰了！”

乌尔夫一听此言，心里一阵轻松，马上讨好地说：“我很想协助破案，但实在无能为力。不过，欢迎你们以后经常光顾本店！”说完，他心念一动，从烤炉里拿出几只新鲜面包，刷上一层色拉油，然后递给探长，“你们太辛苦了，这是刚出炉的，也算是我的一份小小捐助。”

探长感谢道：“你说是捐助啊，那我们就不客气收下啦，告辞了！”说完，一挥手带领大伙儿走了。

警察们前脚刚走，乌尔夫就迫不及待地抓住儿子的手：“好儿子，你把表藏哪儿了？”

“爸爸，还能藏哪儿？那地方没人能发现。”

“哈哈，是吗，在哪儿？”

“当然是在面包里了！”儿子十分懊恼，“我就搞不懂，爸爸，你为什么偏要把它们送给警察呢？”

（推荐者：文　华）

（题图：安玉民　梁　丽）

绿帽子卖给谁

新发服装厂的销售主任牛二，现在正为上千顶绿帽子发愁。新发是个做外贸出口的小厂，这些绿帽子本来要卖给国外的客户，没想到经济危机一来，外国客户破产了，先前订的货不要了，这一千多顶绿帽子，只得出口转内销。

要知道，“绿帽子”在中国可是有特殊含义的，要命的是，这些绿帽子还都是男士款的。老板发了话，谁能把绿帽子卖出去，利润全归他，厂里只要本钱。条件看起来诱人，但销售部没一个业务员敢碰烫手山芋，牛二身为主任，只得无奈地接手了这批绿帽子。

重新染色？不行，帽子已经是成品了，重新染色的成本太高。两个月过去了，牛二想尽办法，还是没卖出去一顶。这天，他无意中从网上看到，本市开发区平湖村的村民正在集体上访，抗议一家化工厂排污。一道灵光闪过，牛二有了主意。

牛二辗转找到平湖村，老远就看见化工厂的烟囱里正冒出滚滚烟雾，还没进村，就闻到一股浓烈的怪味。牛二捂着鼻子找到上访带头人唐三，开门见山地说："哥们，别看哥本哈根开会讨论环保问题，就你们这样瞎闹，信不信化工厂还是照排不误？除非……"

唐三满腹狐疑，眯着眼问："除非什么？说来听听。"

牛二神秘一笑："除非你们戴绿帽子。"

唐三闻言大怒："找死吧你！今天你不说个道道出来，别想直着走出平湖村！"

牛二说："别急，听我把话说完。21世纪什么最有力量？舆论！"

唐三不屑一顾："就你想得到啊？我早就给报社、电视台都打了电话，还不是没人管？一个记者也没来。"

牛二微笑着说："你这就一知半解了。新闻得有卖点，狗咬人司空见惯，人咬狗却是大新闻。只要你们买我的绿帽子，我保证你们维权成功，成功后再付帽子钱！"说着，牛二凑到唐三耳边，说出了他的主意……

一天后，平湖村的所有男人都戴上了牛二的绿帽子，牛二立刻给报社打爆料电话，记者立马来了，平湖村的男人们按记者的要求排成绿帽方阵，接受闪光灯的检阅。

很快，一条新闻被各大媒体疯狂转载，新闻的标题很吸引眼球——《满村尽戴绿帽子》，内容是平湖村村民为了保护祖上留下的蓝天碧水不被污染，全村男子集体戴上象征环保的绿帽子，用惊世骇俗的方式，诉说对环保的渴望……

消息传开，一时间，各路记者云集平湖村。牛二乐呵呵地坐在家里看新闻，为自己的绝妙点子得意不已。

不料，牛二得意了没几天，唐三就打来了电话，说："不好啦！你的绿帽子不绿了！"

原来这天，一家全国性的大报来村里采访，唐三组织村民们再次戴上绿帽子，却突然发现，大家的帽子都皱巴巴的，连颜色也退成了黄绿色！

牛二一听，赶紧带着技术员赶到平湖村。技术员分析了半天，问村民："帽子有没有进过水？"村民点头，说照相那天下了点小雨。技术员微笑了，对牛二说："牛主任，我找到问题了！"

技术员说，那家排污的化工厂门口的氯气含量超标，而工厂旁边有个建筑工地在施工，空气中飘着石灰粉，村民戴着湿帽子在化工厂门口呆久了，石灰沾在帽子上，和氯气、水发生化学反应，就生成了漂白粉，导致帽子褪色！

村民们明白了，感慨地说："难怪以前我们的衣服容易褪色。"

记者们听说了这事，如获至宝，赶紧推出跟踪报道，标题就叫——《绿帽子为啥不绿了》。

舆论的力量是强大的，政府迅速行动起来，重新组织环保测评，化工厂被勒令停工。最后，在舆论的关注下，"绿帽子事件"尘埃落定：工厂被迫追加投资，购买最先进的废水废气处理设备。而牛二呢，按原价收到了绿帽子的全部货款不说，还被厂里评为当年的"销售明星"。

（陈　琪）

（题图：安玉民　梁　丽）

功勋王八

夜猫上宅

白虎山下，青龙河边，有个几十户人家的小村子，村里有个中年汉子叫八哥。这年立秋前的几天，一直是阴雨霏霏，八哥想为女儿画眉改改口味，就从檐下取出钓竿，打算到河边钓些鱼虾回来。画眉也写完了作业，闹着要和他一块儿去。八哥笑了笑，就脱下蓑衣在画眉身上一披，拉上她钻进了雨幕。

青龙河在村外绕了个弯儿，形成个蛤蟆肚子一样的水潭。潭边有棵弯腰老柳树，枝丫交错，浓荫如盖，虽不能挡风，却能遮雨，是八哥经常垂钓的所在。他寻个干燥地方席地一坐，振臂一挥，甩出了钓钩。懂事的画眉已经俯下身子在草丛中挖起了蚯蚓。坐了大约一个多时辰，和前几次一样，钓上来的仍然只是些攥住头看不见尾巴的小鱼儿，八哥忍不住又骂起那个混蛋朱乡长来。自从两年前这个乡长到任以后，为了搞什么政绩工程，偏要在这山窝窝里办一些“小造纸”、“小化工”，奇臭的废水昼夜不停、源源不断地流进青龙河里，没多少日子，就把一条美丽富庶的河流活活糟蹋了。“唉，再等等吧。”八哥自言自语骂了一会儿，又耐着性子甩出了钓钩。

又是半个钟头过去，八哥正感到无望时，突见那鱼浮子一阵激烈的抖动，猛地扎进了水里。他急忙抓起钓竿往回拉，心里不禁怦然一跳，觉得钓线下面十分沉重，大鱼！他又稳着劲儿把钓竿提了提。按照过去的经验，如果是三五斤重的家伙，此时就该拼命地挣扎游动，自己便由着它晃荡一会儿，等它筋疲力尽时轻轻一拽，就能把它弄上岸来的。可是，眼下那钓线下面却像生了根似的纹丝不动。难道挂住了石头？八哥心里“咯噔”一下，稍加用力，又把钓竿向上抬了抬，“咕嘟……”河面上冒出了一串鸡蛋大的水泡！是鱼！他急忙挺直腰杆站了起来，把钓线抖了两抖，然后猛力一拉，就听“哗啦”一声，一个脸盆大的王八浮出了水面。八哥定睛一看，不禁“啊”的一声惊叫！难怪那么沉，原来那王八的四条腿还被几个体型略小的王八拖着，还有一些更小的王八坠在下面……

八哥擦擦汗水，盯着草地上的这群王八，仔细数了数，大大小小一共 18 只，嗨，分明是几世同堂的一个家族。吞下钓钩的那只少说也有十七、八斤，千年王八万年龟，根据个头儿推断，可能已经百岁以上高龄了。其余的又可分为四五个档次，有钵盂大的、碗口大的，最小的也有马蹄大小。众鳖或仰或卧，无一例外地仍然紧紧咬在上一辈儿的腿上、裙下，没有一个松口的，大有“要死就死在一处”的神态。八哥双眉紧皱，不禁想起哪出古戏，有个忠臣良将被奸臣陷害，落个满门抄斩。临上刑场之时，全家男女老少、大大小小却没有一个服软的，慷慨激昂引颈受戮……他忽然觉得自己就是那个奸臣，那个十恶不赦、万人唾骂的奸臣……这可怎么办？八哥狠狠闭了闭眼睛，敲敲脑门儿，正左右两难时，发觉画眉不知什么时候已偎在身边。女儿轻轻拉拉他的衣角，指着草地上的那群王八，怯生生地说：“爹，它们舍不得……舍不得它们的老奶奶啊……”八哥心里猛地一颤，鼻子一酸，不禁想起八年前那场洪水中的一幕……

画眉并不是他的亲生女儿。一个“穷”字压头，八哥直到三十多岁还没娶上媳妇。那年秋季青龙河里发大水，八哥正在河边割草，忽然发现上游歪歪斜斜地漂下来一个门板。门板上躺着一个老女人，脚边还伏着一个三四岁的小女孩。女孩显然被吓破了胆，正仰着脑袋无助地失声哭喊：“奶奶啊，奶奶啊……”眼看她们随时都有被激流吞没的危险，八哥毫不犹豫地甩掉褂子，身子一纵，一个猛子扎进河心。等他把门板推上岸以后，才发现躺着的老婆婆已经气绝身亡。女孩哽咽地告诉他，自己叫画眉，爹妈常年在城里打工，是奶奶一手把她带大的。爹妈把她们放在门板上，推进洪水后不久，就被一个浪头打进河心了……自此以后，八哥就和画眉相依为命了。

此时，八哥见女儿眼里已经盈满泪水，就毫不犹豫地弯下腰去，从那王八的嘴上取下了钓钩，才如释重负地叹了口气。老王八仍旧伏在地上一动不动，两只豌豆大的小眼睛死死地盯着八哥看了又看，似乎不相信有这等好事。八哥轻轻敲敲它的鳖盖儿，说道：“带上你的子子孙孙走吧，我也要回家了。”然后拉上画眉，头也不回地离开了潭边。

转眼过了几天，八哥总为这事觉得心里有几分惭愧，向谁也没有提起这件事。这天午饭后，忽然听到一阵“突突突”的摩托声响，接着，就见外号叫“夜猫子”的村主任刘二虎风风火火走进自家院子。他板着一张柿饼脸，劈头撂过来一句：“八哥，你好大的胆子！老实交代，前几天你干了件什么事儿？”

什么事儿？就那件事一直在心里放着，八哥便笑了笑说：“几个乌鳖杂鱼，我把它们放了。”

夜猫子眉毛一竖，嚷道：“吃根灯草，说得轻巧！什么乌鳖杂鱼，那是顶风作案、偷掘古墓的文物贩子，你敢把他们放了？”

八哥一头雾水，眨眨眼睛说：“乱七八糟的，你都胡说些什么呀？”

夜猫子拍拍鼓囊囊的腰间，阴阳怪气地说：“我这里铁证如山，你抵赖不掉的，”说着往前凑了凑，压低嗓门儿，“你从他们那里拿了多少油水？乡里乡亲的，自己哥们儿，只要你够意思，我保证不向乡政府汇报。”

八哥烦躁地把手一挥：“我越听越糊涂了，你干脆把话挑明吧。”

“你可别后悔。”夜猫子冷笑一声，从腰里摸出个青花小瓷瓶儿。

王八临门

这到底是怎么一回事儿？原来，前几天乡政府召开了一次紧急电话会，据县公安部门通报，最近外省有个专门盗掘古墓的犯罪团伙可能已经悄悄潜入当地。着令各乡镇必须严加防范，密切注意他们的动向。白虎山方圆一带是元末明初的古战场之一，地下文物藏量丰富，附近几个乡镇更应百倍警惕，防止古墓被盗……

开罢电话会，夜猫子刚进家门，就见儿子金宝拿着个青花小瓷瓶儿，正在往里面装蟋蟀。他见这个瓷瓶小巧玲珑，样式古朴，知道不是自家的东西，心中生疑，就把瓶子抓在手里，追问它的来路。金宝支支吾吾地告诉他，是从画眉书包里偷来的。夜猫子笑眯眯地从口袋里摸出 10 元钱塞给金宝，反复叮嘱，对谁都不要说起这件事。当天下午，他就骑上摩托跑进县城，找到一个专作古玩生意的朋友鉴别了一下。根据瓶子底部的印章，认定是元代泰定年间出窑的珍品。夜猫子这一喜非同小可，静心想了想，八哥是村里土生土长的老门老户，几辈子都没有发迹过，这宝瓶儿根本不可能是他家祖传，十有八九他得了外财！上面正在追查盗墓团伙，这家伙肯定和他们搭上了线儿。不是望风放哨，就是带路运赃，嗨，看来不仅得了油水，而且数量不少，要不能让女儿把这样一个金贵的瓶儿随随便便装进书包带到学校去玩？如果现在到公安部门报案，无非是落几句口头表扬，最多捞个三五百元奖金。那才是大肚子女人不生孩儿——徒有虚名儿，不折不扣的傻蛋一个哩。哼，按现在流行的说法，得把蛋糕做得大大的，狠狠敲他一家伙，捞上一把，说不定就够后半辈子花销了。于是，从县里回来后他连家门也没进，就寻到八哥这里来了。

眼下，八哥望着夜猫子手里的瓶子看了又看，不知他葫芦里到底卖的什么药，摇摇头说："不就一个瓶子吗？我不明白你的意思。"夜猫子故作遗憾地叹了口气："老哥，你不要抱着葫芦不开瓢了。钱财如粪土，仁义值千金，千万别逼着我公事公办哪……"

就在这个时候，画眉放学回来进了院门，一眼就看见了夜猫子手里的瓶子，尖起嗓门嚷了起来："这是我的，放在书包里不知被谁偷走了，怎么在你手里？"八哥厉声喝道："画眉，不许胡闹，是咱家的东西我会不知道？"画眉小嘴一撅，委屈地辩白："就是咱家的嘛，是星期一上早学我在院门口地上捡到的。”

小孩子嘴里掏实话。夜猫子急忙往前凑凑，和颜悦色地说：“你爹不相信，叔叔我相信，就是捡的嘛。告诉叔叔，你还捡到了什么？”画眉小辫子一甩，得意地说：“当然还有了，你等着，我拿来你看。”她连蹦带跳进了里屋，很快抱出一个小木匣子来，从里面拿出一个小酒杯，一个小瓷罐儿，“这是星期三早上捡的，这是星期六早上捡的……怕偷，我不敢再装书包里了。”

是这样啊！八哥心里不禁怦然一动；夜猫子也不动声色地点了点头，好像也嗅出了什么味道。他“呵呵”干笑两声，把小瓷瓶递到画眉手里说：“这也是叔叔捡的，装好，可别再丢了。”而后向八哥说了句：“误会，误会！”骑上摩托车一溜烟走了。

八哥自然想到了那只老鳖，难道会是它送来的？不是它，又能是谁呢？它怎么能够认清我的家门？难道真的成了精？要不就是知恩图报，那天它委派儿孙们悄悄跟在我的后面侦察？这是只有在古书中才能看到，故事中才能听到的稀奇事儿啊！八哥顿时感到激动不已，决意弄个水落石出。

当晚半夜时分，八哥就悄悄起了身，披上羊皮小袄，蹑手蹑脚地关上房门，爬到院墙边的一棵枝叶茂密的老枫树上躲了起来。头顶晨星寥寥，远处青龙河波光粼粼，白虎山的剪影映衬在浩瀚的夜空里，显得格外巍峨壮观。

八哥毫无睡意，圆睁两眼，注视着通往村外大路上的动静。直到鸡叫头遍的时候，他忽然听到一阵“沙沙沙”的响声从路上传来，很快，就见一溜黑影儿由远及近慢慢向他家院门而来。八哥心里一阵猛跳，揉揉眼睛仔细一看，果然是这样！打头的正是那只“老奶奶”巨鳖，在它身后还有十多只不大不小的王八亦步亦趋紧紧相随。八哥不免又是一番感慨：多么团结和睦的一个大家族啊，真该把村里那些不孝的儿子、媳妇们都喊起来参观参观，人家是怎样对待“老人”的！尤其是那个夜猫子村主任，自己住着三层小楼，天宽地宽的，却把个七十多岁的老爹撵到连狗窝也不如的灶火棚里，真他妈连王八都不如！

其实不用八哥喊叫，夜猫子早已先他一步赶来了。看了看四周无处藏身，他不得不体验体验老爹的居住条件，猫身钻进院墙外的一个废弃的狗窝里。狗呢？早没了。这可是夜猫子的政绩，因为他爱半夜翻寡妇的墙头，为了行动方便，就以防止狂犬病为名，早把村里的狗们斩尽杀绝了。白天从画眉的嘴巴里，夜猫子已经听出，八哥一定遇到了蹊跷事儿。而这个蹊跷事儿只有在夜里才能弄个明白。为了不打草惊蛇，稳住那父女两个，他慷慷慨慨地把那小瓷瓶还给了画眉，乐滋滋地告辞了，专等夜里来弄个水落石出。

夜猫子四脚落地蜷缩在狗窝里，脖子伸得如挨刀似的，屏着呼吸，两眼死死盯着八哥家的院门，足有两个时辰，终于盼到那一溜黑影爬了过来。当他看清楚竟然是一群王八时，惊得差点晕过去。他屏着呼吸，竭力让自己镇定下来，一颗心悬得老高，眼巴巴地看到为首的一个大王八渐渐接近了院门口，把口里衔的什么宝贝玩意儿吐在地上。

此时，夜猫子便两手摁地，“飕”地一声蹿出了狗窝，一个泰山压顶，扑向那只王八。就在此时，猛听头顶一声大叫:“抓小偷……”接着，“啪”地一声，脑门上挨了一家伙。他本能地就地一滚，用手一摸，额头上湿漉漉、黏糊糊的一片，啊？流血了？夜猫子不禁大惊失色，腿肚子一扭，仓皇而逃……

母鸡献计

望着那人像惊枪兔子似的狼狈而逃，树上的八哥忍不住笑出声来。不用猜，他就知道那人是谁。刚才也只是想吓吓这位村主任，顺手从头顶的老鸹窝里摸出两个鸟蛋砸了下去。院门口那群王八倒是愣怔了一会儿，不知发生了什么事儿。听了听周围再无动静，为首的“老奶奶”“吱嘎”叫了一声，发出返回的指令。众王八便如来时的样子，整整齐齐地列队出了村子。这时，八哥才从树上爬了下来。捡起“老奶奶”吐在地上的东西，借着月光一看，原来是一支铮铮发亮的金簪子！不禁心里一热。这个老王八真的成了精呢，衔来这些小玩艺儿报恩来了！它们又从哪里弄来的这些陈年老古董呢？八哥忽然想起二十多年前山区搞什么围河造田的时候，县文化馆曾经来了个戴眼镜的副馆长，说是根据县志记载，明代嘉靖年间有个离任的御史告老还乡，船上满载着搜刮来的金银珠宝、古玩玉器。不料行驶在青龙河这一段的时候，突遇山洪暴发，风浪大作，船只被打沉了，许多珍贵文物至今深藏河底。当时并没有挖出什么东西，那个副馆长临走时显得非常遗憾。水下作业可是王八的拿手好戏，比两条腿的人方便多了，它们一定是发现那沉船的踪迹了。想到这里，八哥不免一番感叹。不由自主地随着那群王八出了村子，亲眼看着它们一只一只平安下河，才放心地转回家去。

头上挨了一下的夜猫子没敢逃回自己的家，老婆是出名的母夜叉，见他三更半夜头上带着血回来，非打得他满地找牙，闹得四邻不安不可。跑了没多远他就拐了路，敲开了村西寡妇“小母鸡”的门。“小母鸡”年龄不到三十，仗着三分姿色、七分浪劲儿，这几年广交男友，开发资源，夜猫子近水楼台，当然早就上过她的床了。

“小母鸡”一看他的“伤势”，不禁“扑哧”一笑，捣捣他的脑门说：“笨蛋！哪儿是血，你拱茅坑了吧？”“什么？”夜猫子用手一抹拉，见指头上黄蜡蜡的还有鸟蛋的碎片，也自嘲地笑了笑：“我被那老小子耍了！”不待“小母鸡”追问，他就把刚才发生的事一五一十说给了情人。“小母鸡”听罢，高兴得一拍大腿说：“好呀，该你时来运转了！”夜猫子撇了撇嘴：“本想钓个大鱼，连个小虾米也没捞到哩……”“小母鸡”说：“那句古话咋说的？你怎么‘聪明一世、糊涂一时’了呢？那是文物！烫手，沾不得的。上面正严查着呢，想蹲号子、坐班房你就迷着头干吧。”

夜猫子不解地问：“那还转的什么运？”

“不是有那罕见的王八吗？”“小母鸡”告诉他说，“再过两天，就是朱乡长的五十大寿，乡政府早就有人放出风来，准备大张旗鼓庆贺一下。人吃稀奇物，必定寿限长，如果用那只二十多斤的大王八做寿礼，朱乡长非笑歪嘴巴不可。何况那老家伙近几十月正为自己力不从心伤脑筋呢，听说男人们吃王八比美国的伟哥还管用。你要能把那大大小小一群王八提了给他送去，就帮了他的大忙喽！只要抱住这棵大树，将来还用说吗？快回去，看看那一群王八是从哪儿下水的！”夜猫子连连点头，抬腿就走。临行时没忘了回头问一句：“你怎么知道姓朱的力不从心？”“小母鸡”在他腿上狠狠拧了一把：“滚吧！”

八哥心里可没有那么多弯弯绕，不会打王八的主意，只是把它们看成是一群不会说话的朋友。至于送来的那些东西，他想马上拿进城去，让文化馆的内行们看看，给不给钱都行，反正原本就不是自己的。夜猫子今晚的行踪倒给他提了个醒儿，这家伙已经操上心了，绝不是两个鸟蛋就能砸怕的，以后真得对他多个心眼儿。

第二天，八哥好不容易说服画眉，把她珍藏的那些小玩艺儿全都拿出来。吃过早饭，他就步行十多里地，搭上过境的班车赶往县城。女儿在家不用挂念，后院的王婶对她比自己还亲，一定会过来照看的。

文化馆那个戴眼镜的副馆长早就退休了，一个小青年问明来意，乐呵呵地说："大叔，现在分工细了，这事归博物馆处理。"随即，热情地把他引进同楼博物馆田馆长的办公室。田馆长非常客气地接待了他，并立刻将八哥送去的几件文物进行了鉴定，直言不讳地向他说明了这些"小玩意"的珍贵之处。虽然政策有规定，地上、地下文物全部归国家所有，但八哥得到这些的途径比较奇特，又是主动捐献的，根据规定，田馆长当场发给他800元奖金，还亲亲热热地握着他的手与他合影留念。临走时又特别嘱咐他，这件事还要详详细细地向县里汇报，这种动物的反常现象能为国家的文物保护工作做出贡献，太有意思了。八哥高高兴兴地出了博物馆，就用那笔钱先给画眉买了个带拉锁的双背带大书包，又特地买了两箱"双汇"牌的火腿肠带上汽车，打算好好慰劳慰劳那些四条腿的好朋友。

八哥捉贼

八哥到家时已是夜里9点多钟了，刚进院门，就听见了画眉的哭声。他三步两步蹿进里间，就见女儿伏在小桌子上痛哭不止。八哥急忙将她搂在怀里，心疼地问："乖乖，发生什么事了？"

画眉哽哽咽咽地告诉他，今天上午才上第二节语文课，夜猫子就急头怪脑地跑进课堂，让班主任把课停了，带着男生们都到蛤蟆潭里帮他捉王八。他还分门弄了一只小船，吼上二赖子、疤瘌嘴几个混混儿，有的挥着竹竿在上游敲打着水面驱赶，有的撒网，有的用鱼叉，有的用竹罩子……一群人喳喳呼呼、翻花搅浪闹腾了一上午，捉的王八整整装了两麻袋，气得画眉两顿吃不下饭，一直盼他回来。说到最后，画眉的眼泪又滚了下来："爹，那个'老奶奶'会被他们捉去吗？""不会的，不会的……"八哥连声劝慰，哄了又哄，女儿总算止住了哭声。

一时间，八哥心里像打翻了五味瓶子，什么味道都有……他猛然想到女儿还在饿着，自己也没有吃饭，就放下背上的行囊，从院里抱了一些柴草，快步走进厨房。刚刚把灯拉亮，正想往锅里添一些水，忽然发现水缸根儿黑乎乎的一片。他以为是锅拍子、面盆子什么的丢在了地上，弯下腰去仔细一看，不由轻轻一声惊叫，两眼放光，大声喊道："画眉，你快来看呀！"

水缸根老老实实趴着那只"老奶奶"大王八。显然，它还没有从白天那场浩劫的阴影里走出来，四个爪子紧紧缩在鳖盖里面，两只惊恐的小眼睛骨碌碌乱转，一副失魂落魄的样子。画眉高兴得直拍巴掌，又跳又叫；八哥忙从房里取了几根带回来的火腿肠，噼噼啪啪用刀剁碎，装进盘子放在它的面前，这才动手生火做饭。饭后，他又翻出洗衣服的大木盆，将"老奶奶"放进去，灌了半桶水，小心翼翼地塞进卧室的床下。

为了改善一下"老奶奶"的居住条件，让它住得更舒服一些，次日忙完家里的活儿，八哥就提上一个竹篓子到河边去，准备挖一些水草、捡点儿鹅卵石回来，放在木盆子里。还没走到村口，迎面碰上了夜猫子。八哥一扭脸就想绕开，夜猫子拦住他，皮笑肉不笑地说："听说你进城'趟价钱'去了，怎么样？出手没有？"八哥知道他指的是画眉捡的那些小玩意儿，就冷冷地一笑："我捐给博物馆了。"夜猫子嘴巴咧到了耳朵后："不可能吧？前天是和你开玩笑，我也不会分你一个钢蹦儿。"八哥说："不信你打电话问问。"

“呵呵！村里出了个活雷锋，这可得请人报道报道！”一番夸赞之后，不知是惋惜还是遗憾，夜猫子又摇摇头，自言自语地说，“那可是些金娃娃呀，白白扔到水里……咱村恐怕只有你才做得出来。”八哥忍不住脱口而出：“你再多找几个人，从水里捞上来呀？”

夜猫子眼睛眨了眨，马上明白了他的意思，干笑两声说：“呵呵，你说昨天？既然说到这儿，就给你透个底儿。明天就是朱乡长的五十大寿，他老人家可是个焦裕禄式的好干部哇！为了全乡人民脱贫致富奔小康，日夜操劳，把身体都搞坏了。遇上这样的大喜事，咱村里可不能袖手旁观。我就亲自带着几个小伙子下河捉了几只王八，准备代表全体村民去表表心意，让朱乡长补补身子……可惜让那个最大的老王八跑了！”

“最大的？有多大？”

“多大？看样子快20斤了吧？”

“你见过？”

“没有没有！我也是听别人说的……”夜猫子连忙辩白，话头一转：“八哥，你要是见了它，就贡献出来，要多少钱村里掏多少。”

“你等着吧。”八哥硬邦邦丢下一句，扭头就走。

太阳下山时，夜猫子又满面春风地找上门来，二话没说，一把拉住八哥的手：“走，到我家陪陪客人，喝两杯。”八哥将手一甩挣脱了：“不去不去，咱一个平头老百姓，上不了台面！”夜猫子笑嘻嘻地说：“不知道吧？你捐献文物的先进事迹我都向乡政府汇报了，领导非常重视，专门派了通讯组的一个‘笔杆子’来采访你哩！这是公事，走吧走吧。”又推又拽，硬把八哥给弄走了。

八哥本不善饮酒，何况和乡里的干部平起平坐，浑身上下都不自在，说话都结巴起来。禁不住那个“笔杆子”左一句、右一句地夸，前一杯、后一杯地劝，不大一会儿可招架不住了，头昏眼花，腾云驾雾似的，只得抱歉地拱了拱手，说要回家睡觉。夜猫子见他走路都东倒西歪的，估计喝得也差不离了，和那个“笔杆子”相视一笑，摆摆手放他走了。

八哥一到家，沾住床就爬不起来了。画眉一见爹醉成那个样儿，忙为他垫好枕头、盖上被子，倒一碗水放在床头的小桌上，而后关好院门，做完作业就上床睡了。那酒也太有劲了，直到后半夜，八哥还是觉得晕晕腾腾的，不仅是床在晃悠，而且连墙壁都在颤动！蒙胧中，他忽然感到一阵恶心，于是侧身爬起，正想端起水碗痛饮一番，猛地听到一声声嘶力竭的惨叫：“我的妈呀……”八哥一个愣怔，酒也吓醒了大半，定定神辨别了一下，叫声似乎从床下发出，啊？八哥心里一阵猛跳，俯身向床下一看，紧靠床边的后墙被掏了一个大洞，“小偷！”八哥怒吼一声，一骨碌跳下床去，胡乱披上一件衣服，从墙角抓起一根木棍就冲出院门，几步跑到自家屋后，抡起木棍，照那小偷的屁股上就是两家伙！打得那人杀猪般地又哭又叫！

“别打了，别打了，那是村主任呀！”那个“笔杆子”忽然从旁边跳了出来，一边喊叫着，夺下了八哥手里的木棍。

什么？是村主任？八哥马上明白了大半，心里不由一乐：知道是他，我再揍两下！你也不是什么“笔杆子”，专门赶来当帮手的吧？尽管是这样想的，他还是装出一副后悔不迭的样子，嘴里连说：“对不起，对不起！”弯下腰去，抓住夜猫子的两条腿，硬把他拖了出来！

昨天上午，夜猫子带人在青龙河里大动干戈，最后还是没有抓到他亲眼见过的那只最大的王八，懊丧之余，动开了脑子：那老王八是有灵性的，它和八哥有交情，说不定走投无路时就会跑到八哥家里躲藏。于是就悄悄吩咐疤瘌嘴，二赖子对八哥严密监视，一旦发现踪迹，马上向他报告，绝不要轻举妄动。末了，塞给两人100块钱，两个小混混得了钱，买了包猪头肉，喝起痛快酒来。谁知这一喝，差点儿把夜猫子吩咐的事情给忘了，直到掌灯时分，才想起正事，丢下酒杯，脚步踉跄地朝八哥家奔去，离八哥家还有三四丈远，就隐隐约约看见有只脸盆大的王八，打着跟斗逃进八哥家的院里。两人又惊又喜，就急忙赶去报信。夜猫子闻讯喜出望外："果然不出所料！八哥是个认死理的家伙，明着要肯定要不到，我得使个法子……"于是就有了骗八哥喝醉，半夜掘壁洞盗鳖的事了。

此时，夜描子狗一样地趴在地上，那只王八紧紧咬着他右手中指，脑袋深深缩在鳖盖下面。任凭夜猫子怎么挣扎喊叫，跺脚哭嚎，就是不探出头来！"八哥，快救救我……"夜猫子也顾不得什么脸面了，可怜巴巴地哀求。

"唉，你呀，"八哥跺跺脚叹了口气，"你不是说花多少钱村里都掏吗？怎么又干这偷鸡摸狗的事儿，要干，你也让二赖子他们来呀……哦，床底下的夜壶，你想吃独份儿呀！"

"好八哥，别说这个了，先帮我过了这一关吧……"

八哥一惊一乍地嚷道："我可不敢帮你呀，听说这玩意儿嘴里有种什么毒，让它咬一口就会烂掉命根根儿，后半辈子只好当太监了……"

夜猫子脸都吓白了："快，送我上医院，上医院呀……"那个"笔杆子"也慌了，急忙从树影里推出来一辆摩托，将夜猫子架了上去，"突突突"一阵驶向了村外。八哥冷笑一声，愤愤地在地上吐了一口："活该！"忽然，他又想到了什么，跳着脚高声大喊："王八！还我的王八……"而后发疯一样追出了村子……

王八建功

山路崎岖难行，等夜猫子他们赶到乡医院的时候，天色已经大亮。外科的几位大夫还从来没有治过王八咬人死不松口的病例，有人就提议给它打一针麻醉剂，“不行，不行！”夜猫子虽然疼得龇牙咧嘴，一听这个就叫了起来，“万一剂量太大，把它麻死了怎么办？”那医生为难地说：“剂量小了它不松口。就好比……又想保住产妇，又想保住胎儿，实在不好办啊。”旁边另一位大夫冷冷一笑说：“你要保住手指，又要保住王八，叫我们怎么处理？”夜猫子急了：“把它弄死了，我怎么向朱乡长交代？这，这可是给他治病的呀！”此时，刚好老院长从门口路过，闻讯走了进来。一听这事，从兜里摸出一根银针，在那王八前爪上刺了一下。王八一个激灵，松开嘴巴。夜猫子乐坏了，感激不尽的说：“姜还是老的辣！我代表这只王八……不不，代表朱乡长给你鞠躬了！”而后，他连手指也顾不上包扎，抱上那只王八就冲出医院大门，找朱乡长报功去了。

上午10点多钟，乡政府后院的大餐厅里已经渐渐热闹起来。迎门口屏风上一个斗大的“寿”字金光闪闪，旁边放着一张“礼单”桌，前来为朱乡长祝寿的宾客熙熙攘攘，鱼贯而入。几个模样俊俏，手脚利索的女孩子擦抹桌椅，摆放餐具，忙得满头大汗。隔壁厨房里丁丁当当、乒乒乓乓，菜刀敲打案板和洗刷碗筷的声音一片嘈杂。一个大块头厨师举着一把明晃晃的菜刀。正要向案板上的那只大王八剁去……猛听一声大喊：“慢！”接着，就见一个浑身泥污、满脸是伤的大汉冲了进来，大跨一步，蹿到“大块头”面前，扭住他的手腕，把菜刀夺下来，捧起那只王八，回头就走。

三十多里山路，半夜的奔波，八哥不知跌了几跤，早把自己折腾得满身是伤，人不像人、鬼不像鬼了。厨房里的那些人愣怔片刻，便大呼小叫着一窝蜂似的追了出来。这时，也不知从哪里拥出来几个“保安”，迎面拦住了八哥的去路。八哥眼看自己不能脱身，心里一急，踩着凳子跳上了一张方桌，胸脯子一拍厉声大叫：“谁敢上来，我就和他拼了！”

寿筵还没吃上，先看一场好戏，餐厅里马上像开了锅一般沸腾起来。本来，大多数的宾客都是慑于朱乡长的淫威，被软硬兼施逼来“上供”的。现在，见半路上杀出个程咬金，玩命地大闹，就幸灾乐祸地跟着起哄起来。恰在此时，大腹便便的朱乡长被一群村官众星捧月般地拥了进来，看见这个场面，一张脸顿时成了猪肝色，气急败坏地问道：“怎么回事？怎么回事？他是哪个村的？”

在他身后的夜猫子急忙接上话头：“乡长放心，我来处理。”说着挤出人群，快步走到八哥面前，满脸堆笑说道：“八哥，不就是一只王八嘛，你尽管开口，要多少村里给你多少！”“呸！”八哥一口痰吐在他的脸上，“就是你这个舔屁股溜沟子的家伙惹的祸！”

朱乡长气得暴跳如雷，一挥手，几名保安扑了上去，抱腿的抱腿，扯胳膊的扯胳膊，将八哥拖下桌子。就在这时，奇怪的事情发生了。只听“嗖”地一声，那只王八从八哥怀里跳到地面上，落地未稳，便“刷刷刷刷”像转动的车轮一样翻起了跟斗。

“邪门儿了，都来看哪……”站在近处围观的人群中霎时发出一片惊叫，拍着巴掌纷纷退后，为它的表演让出一方天地。那几名保安也看呆了，不由自主地松开了手。也不知是过于兴奋，还是因为身体太重，那王八也有“失手”的时候，滚着滚着就会仰面跌倒，然后疯狂地抖动着四个爪子，激烈地旋转，好像是呼唤人们帮它一把。那种憨态可掬的样子，引来了更多的掌声和笑声。当然，也有热心的观众，弯下腰去给它翻转过来，让它继续滚动。不大一会儿，王八已经滚到了餐厅门口。只见它两只后腿用力一弹，跃起一尺多高，落在了餐厅门外的台阶下面。

深山野沟里本来就缺乏文化生活，平时，人们看见个狗打圈子鸡叨架就会大呼小叫地呐喊喝彩，今天忽然发现一个脸盆大的王八如此精彩的表演，可以说是百年不遇，大饱眼福了。人们挤挤挨挨，争先恐后拥出了餐厅，尾追观看。来到院里后，那王八好像觉得可以大显身手了，表演多了些花样儿。翻上几个跟头，就停下来东张西望一番，向着人们挥舞着爪子吱吱嘎嘎叫上几声，然后头顶着地，再向前翻去……

“真漂亮，这家伙还会歌伴舞呢……”“加油，再来一个！”欢呼声一浪高过一浪。

朱乡长开始也觉得有趣，看着看着心里就不是味道了。今天本来是我的五十大寿，我才是这个场面的主角呢，怎么能让一个王八抢了风头？旁边夜猫子一看他的脸色，连忙凑上去说：“乡长，可不能叫这个怪物冲了你的喜气！”朱乡长点头示意，夜猫子和几名保安扑上前去，就要捉那王八。八哥急了，不顾一切地冲进场内阻挡！朱乡长气得哇哇大叫：“反了反了，胆敢在乡政府院里闹事！把他挎起来……”就在这时，只见一个头发蓬乱，满身泥污的小女孩儿发疯一般从人群里冲了出来，哇哇大哭着扑在那只王八的身上。

八哥见是女儿，挣扎着喊道：“画眉，你追来干什么？”

画眉一把将王八揽在怀里，翻身爬起，就向周围磕起头来：“叔叔，伯伯们，你们饶了它吧，它是我们大家的救命恩人呀……”

“什么？救命恩人？”围观的人们一听说得蹊跷，一片惊呼。旁边两个乡干部模样的人忙把画眉扶了起来：“小姑娘，你慢慢说，到底是怎么回事？”

画眉擦擦眼泪，嘤嘤呜呜地哭喊：“它哪里是在表演节目？它是烦躁不安，是在呼喊呀……前些日子云南、西藏发生地震以后，班主任老师就专门给我们讲了一堂防震知识课。说我们这一带没有火山活动，但山体的滑坡陷层，会引起山洪暴发，要我们特别注意动物的反常现象。平时，如果我们突然发现鸡子上树，老鼠串街，大猫噙着小猫跑，冰天雪地出现了蛇……都是山洪暴发的前兆！都是这些动物为我们报警的！叔叔伯伯们，饶了它吧，它是我们的朋友，我们的恩人呀……呜……”

什么？山洪暴发？犹如石破天惊，大院里顿时人声鼎沸，一阵骚动。“别听这个黄毛丫头胡说八道了，给乡长祝寿要紧！”夜猫子怪叫一声，猛地一把从画眉怀里将那只王八夺了下来。王八抖动着四肢，回头就咬！夜猫子本能地一松手，王八跌落在地。“跑不了你！”夜猫子紧接着一个泰山压顶之势扑了上去，着着实实把那只王八压在身子下面。王八毫不客气地张嘴就咬，死死叼住不松口了。夜猫子疼得哭爹叫娘，满地乱滚……

就在这个时候，忽听几声刺耳的尖叫，十几头猪从斜刺里撞进了人群，嗷嗷大叫着左冲右突。几个烧菜师博手执棍棒、扫帚，满头大汗地随后追赶，一边神色仓皇地嚷着：“乱了套了，乱了套了，猪也跑了，鸡子也上房了……大家都帮帮忙啊……”朱乡长立足未稳，被迎面而来的一头母猪拱了个仰面朝天。他一骨碌爬起来，也顾不得拍打灰尘，就挥着双拳，气急败坏地喊道：“反常，反常！真他妈要出事啊，真他妈要出事了！”

朱乡长这一叫，“哗！”犹如退潮一般，眨眼之间，热热闹闹的乡政府大院里没有了人影儿。八哥托着女儿，拖着疲惫不堪的双腿，心急火燎地走出镇子。听着远处天边滚滚的雷声，望望怀里的那只九死一生的王八，两行热泪夺眶而出……

（杨清江）

（题图：杨宏富）

世间·颠倒记

shijian diandaoji

如果看见错误的种子发了芽，又岂会将它深埋地下。是非曲直，千回百转，都抵不过一个转身，迎向阳光。

城里没有秤

石老汉家养了一只大草鹅，年关来了，石老汉决定进城卖个好价钱。大草鹅正立在猪食盆边伸脖张嘴，石老汉猫着腰扑过去，双手紧紧搂住大草鹅，然后用绳子将大草鹅的双腿捆住，对老伴嚷道：“快拿秤来，称一称，看有多重！”

石老汉有一杆秤，很准。村上人称东西都会到石老汉家借用，大家都称那杆秤叫平心秤，无论称啥，不差一两一钱。石老汉的老伴乐呵呵把秤提来了，石老汉将秤钩住大草鹅，称了称，嘿，不多不少，整整十二斤！听说草鹅在城里卖五元一斤，这只鹅可卖六十元！老伴吩咐说：“卖了鹅，从城里带些年货回来。”石老汉点着头，一手拎秤，一手抱鹅，走出家门，老伴在背后嚷道：“老头，带秤干啥？”石老汉回头说“不带秤怎么卖鹅？”

老伴说："城里没秤？把鹅提到菜场去卖，菜场还没秤？借人家的秤用用不就是了？"石老汉觉得老伴主意很好，就把秤放回家了。

石老汉抱着鹅往城里走，半路上鹅掉下几团屎，石老汉心一晃：鹅少了一二两！不久，大草鹅又"巴嗒"滴下几团屎，石老汉想：又少了一二两！石老汉走得飞快，一溜烟儿来到县城"大世界菜场"。

菜场可热闹啦，卖东西的人和买东西的人熙熙攘攘。石老汉在一个挑箩筐卖鱼的人身边站下，将大草鹅放在脚边。

一会儿，一个嘴上叼烟穿得挺阔的男人盯着大草鹅走过来，他问石老汉："鹅卖多少钱一斤？"石老汉说：

"五元一斤。"男人点点头："我买了，称一称吧，看有多重。"他一边说一边掏出钱包。石老汉就向身边卖鱼人借秤。卖鱼人有点不愿意，石老汉忙给他递上一根烟，卖鱼人这才把秤借给石老汉了。

石老汉握着秤将大草鹅钩起来，他把秤砣放在十二斤处，但秤尾巴向上翘。石老汉十分诧异，暗暗地想：鹅屙了两泡屎，难道越屙越重？他把秤砣往前移，在一旁弯腰看秤的买鹅男人说："好了，好了，十二斤四两。"石老汉准备说啥，买鹅男人丢给石老汉六十二元钱，拎起鹅咧着嘴走了。

石老汉捧着钱蹲在地上愣着。身边卖鱼人说："老头，卖了鹅还蹲在地上干啥？快走呀！"石老汉说："稀奇呀，我的鹅在家里过秤只十二斤哩，半路上屙了两泡屎，还十二斤！"卖鱼人对石老汉半笑着："老头，你得感激我，我这秤……反正城里人有钱，你快走吧！"卖鱼人说着，挑起鱼筐换个地方卖鱼去了。

石老汉仍懵乎乎蹲在原地，他没想自己借了一杆黑心秤。鹅多卖了几块钱，这不是得黑心钱吗？石老汉心里不安，他暗想，刚才那个买鹅的男人如果复了秤，一定会来找他的。石老汉呆在原地等着！

果然不错，一会儿买鹅的男人拎着鹅气呼呼地赶来了，张口就骂："死老头，你找死啊！这鹅只有十一斤七两，我刚才复秤的，多混了我七两，真是黑心哩！我怕你跑了！"

石老汉立即从地上站起身，说："我不跑，正等着你哩！刚才是我借的秤有问题，我在家里称了，这鹅十二斤，半路上屙了两泡屎，少了二三两，我退你几块钱。"买鹅男人更生气了："既然你晓得，为啥刚才不吭声？现在我把你抓住了，你才这么说。这鹅我不买了！"男人把鹅往石老汉面前一丢，将手朝石老汉一伸："钱给我！"石老汉满脸通红，把钱给了男人，男人"哼"了一声转身走了。

又过了一会儿，一个提篮买东西的女人走过来，瞅瞅石老汉脚边的鹅，说："这只鹅好大！怎么卖？"石老汉说"妹子，这鹅五元钱一斤。"女人点点头："称一称，看多重，我买了。"石老汉搓搓手，扭头，看见不远处有个握秤卖菜的贩子，便走过去借秤，把秤借来后，石老汉将鹅钩起来，将秤砣移到十一斤七两处，今日真是撞上鬼了，秤尾老是往上翘，最后称出十二斤七两。

买鹅女人对石老汉说："十二斤七两，多少钱你算算吧。"她一边说，一边掏钱包，石老汉暗想，这鹅只能按十一斤七两算钱，便对女人说："除一斤，你只给十一斤七两的钱就行了。"买鹅女人一怔"为啥除一斤？"石老汉见卖菜的贩子站在身边，他不好说秤有问题，只说："妹子，我说除一斤就除一斤。"

买鹅女人就仔细打量着大草鹅，大草鹅弯着脖子虚虚地看着女人，女人点点头："我明白了，这是一只病鹅！"

石老汉很生气："我这鹅好好的，你怎么说它病了呢？"

女人把掏出来的钱放回口袋，说："还问我？问问你自己！明明称出十二斤七两，你说除一斤，肯定鹅有问题！不然，你愿除一斤？现在做生意的人将牛肉注水卖，你还除一斤，一定是只病鹅。"

石老汉噎得说不出话。

菜场不少人跑过来围观，大草鹅见很多人围观它，朝它喷着口沫不知说些啥，它从没见过这场面，吓得把脖子缩下来，众人见罢，都点点头："这是一只病鹅。"

很快，菜场里的人都在传着石老汉卖病鹅，可石老汉浑然不知，正准备抱鹅换个菜场卖，冷不丁走来几个戴大盖帽的人。

这是"大世界菜场"工商所人员，板着脸嚷道："老头儿，哪儿跑？听说你卖病鹅！"石老汉一见，慌了，立即把鹅抱在怀中，结结巴巴地说："同志，我这不……不是病鹅！"

"你还抢嘴！"一个人伸手夺石老头怀中的鹅，只几下，那只大草鹅的脖子就捏在大盖帽手里，"走，到所里说清楚！"

石老汉趺趺撞撞被推到工商所，提着大草鹅脖子的人将大草鹅往地下一丢，大草鹅在地上挣扎了几下，腿一伸，嘴里淌出鲜血，死了。

工商所的人愣了愣，冲石老汉嚷道："你看你看，你这鹅这么容易死，还说不是病鹅！"石老汉"呜"地哭了起来："天哪，这不是病鹅！"

直到这天太阳快落山时，石老汉终于说清楚了他卖的鹅不是病鹅。他从工商所里歪歪倒倒地出来，怀中的大草鹅再也竖不起脖子，倒垂着，在半空中一晃一晃的，嘴里还在滴血水。石老汉搂着鹅，一只手一会儿抚摸着鹅，一会儿抹抹自己脸上的泪往家走去……

哲学先生评曰：经济学中有一个著名规律，那就是"劣币驱逐良币"，是指在铸币流通时代，成色好与成色不好的铸币在市场上一起流通，久而久之，成色好的良币将逐步退出流通转为储藏，而留在市场上的却是成色不好的劣币。中国一句老话：假作真时真亦假，说的就是这个道理。现实生活中，我们经常看到李鬼侵害了李逵，假文凭侵害了真文凭。故事中的石老汉的悲剧也如此。所以，我们讲，城里不是没有秤，而是假秤太多，弄得人们的心里已经没有一杆准秤了！

（范国清）

（题图：魏忠善）

逃生

从前，有一个走街串户的货郎，叫刘五。这年夏天，刘五和村里人一起到城里进货。谁知刚走到半路，天空突然阴了起来，隐隐约约还有雷声，看样子天要下雨了，大家加快脚步向前走去。

不多一会，就听见“轰隆”一声炸雷响，雨说下就下了起来，尽管大家戴着斗笠，可还是淋了个浑身透湿。紧接着，响雷一个接一个地在他们头上炸开了。刘五眼尖，透过“哗哗”的雨帘，看到前面好像有一座房子，就招呼大家说：“咱们快走，前面有房子，咱们到那儿去避避雨。”大家紧走慢赶，谁知走到跟前一看，全泄气了。原来，这是一座不知派什么用的木头房子，看上去又小又旧，附近又没有别的地方可以避雨，大家就只好在这儿将就了。

虽说是夏天,可下这么大的雨,又淋了个透,大家还是冻得浑身发抖。还好，木房子里有现成的柴禾，大家就把门关上，把柴禾点起来，烘烤自己的衣服。这时，炸雷又在房门外一个接一个地响开了，响得大家人心惶惶。

同来的人中有一个叫柱子的，惊恐地说："今天这雷响得有点奇怪，你们看，咱们还没进屋的时候，这雷就往我们头上打，现在进了屋，它又在门外打。我小时候听娘说过，有时候下大雨，龙王爷会出来抓人，今天该不是要来抓咱们吧？"柱子这一说，大家全害怕了，一时间，说什么的都有。

还是一个稍微年长的镇定些，出主意说："我有个逃生的办法，我们大家轮流到门口去，把斗笠向天上扔，看谁的斗笠被卷上去落不下来，就该他出去跟龙王爷走,这是天意,省得龙王爷一发怒,大家一起遭殃。"大家都称这是个好主意，独有刘五反对："这样不好吧，咱们坐在里面，让他一个人在外面受苦，于心何忍？"可是，刘五的话遭到了大家的坚决反对。于是，他们就排成一行，一个接一个地站在门口，把斗笠朝天上扔，每个人心中都不住地祈祷，求神保佑把斗笠还给自己。果真，谁的斗笠都没有被卷上天空。可谁知最后轮到刘五时，他刚把斗笠扔向天空，斗笠就没了踪影。

顿时，屋子里静了下来，如果换一个人，大家可能立刻就把他赶出去，可偏偏是刘五，大家拉不下这个脸，因为刘五对他们每一个人都有着恩惠。

张三上次掉到河里，如果不是刘五舍命相救，他早就跟阎王爷作伴去了。

李四呢，前几年家里总是揭不开锅，如果不是刘五三天两头送米送面，一家大小也熬不到现在。况且上个月，刘五还拿出自己辛辛苦苦挣来的血汗钱，借给他做买卖，养家糊口。

王五前些时吃了冤枉官司，被下了大牢，如果不是刘五东奔西跑地照应着，不就命归黄泉了？

赵六上次做买卖赔了本，被债主逼得走投无路，要不是刘五替他解围。早就被下到大牢里，和王五作伴去了。

“轰隆隆”又一阵炸雷响了起来，把陷入沉思中的人们惊醒过来。

张三想：刘五虽有恩于我，但他不出去，我的命就保不住。于是便冷哼一声，说：“怪不得你先前说得那么好听，原来你是想害死大家啊！”

李四心里也在想：要是刘五死了，我就不必还他的钱了。不然，连本带利，上哪儿弄那么多的钱去？想到这里，他不禁暗暗高兴，大声喊道：“赶快赶刘五出去，免得让我们大家跟他一起遭殃。”

王五、赵六心里都打起了小九九。所有的人在权衡利弊之后，都认为刘五有恩于自己，但陪他死却不值得。终于，人们一个个都拉下了脸，有的人看见刘五还不出去，竟恶言相骂，更有甚者，竟捡起地上的砖头，向刘五狠狠掷去。

看着人们一个一个对自己横眉怒目的样子，刘五伤透了心。但刘五毕竟是一个心地善良的人，想想他们也都是有家有小的人，既然天意要我死，又何必连累大家呢？想到这儿，他心里坦然了，抬脚走出了木房子。他刚在门外站定，门“砰”的一声被关上了。紧接着又听“咚——”一声，看样子房门是被什么重东西顶上了。刘五苦笑了一下，索性大步向前走去。

谁也料不到的是，当刘五走出百米之后，只见木房子顶上一声炸雷。一道电光闪过之后，木房子突然腾起一团火焰，很快成了一片火海。电击木屋，酿成惨剧。由于门被顶得死死的，小木屋的人，一个也没有逃生……

这是否应了一句古语：好有好报，恶有恶报；不是不报，时候未到；时候一到，立刻就报！

（郭红敏）

（题图：蔡解强）

歪　打

一日，某地区小报登载了一封读者来信。信上这么写：

编辑同志：

我们单位的行长经常利用职权索贿受贿，仅上个月，行长就吃请十几次，索要和收受现金三万多元，名酒二十多瓶，名烟十多条，等等。希望贵报予以曝光，以督促有关部门尽快查处。

已县工商银行　义愤

这天的报纸卖得特别快，街头巷尾人们都在议论这件事。负责编发这封读者来信的是一个姓王的编辑。他无意中拿过报纸一看，吓了一大跳，急忙查对原稿。冷汗不由渗了出来。原来，报纸上“已县工商银行”的“巳”字排错了，原本信上应该是个“己”字。这不得了呀。人家巳县工商银行的行长看到报纸后，岂不要控告报社是进行人身污辱？王编辑不敢怠慢，立即将这一事故差错作了汇报。

报社领导对有关人员进行了严厉的批评，连夜决定立即在次日报上刊登“更正启事”，并到巳县去向人家赔礼道歉。

然而，当第二天王编辑等一行人来到巳县工商银行时，巳县监察部门的人员已经进驻到此单位。监察人员对王编辑他们说，经过这两天的查证，那封读者来信反映的情况基本属实，目前正在做进一步的调查。

王编辑一听大吃一惊，立即拨电话到报社，想通知赶紧把更正启事撤下来，可是来不及了，部分报纸已经上了街。

王编辑回到报社，拿起那份刊登了更正启事的报纸直叹气，无意中一瞥，不禁脸色陡变："又坏了，又坏了！"众人不知何故，一齐围了上来。一看，不由面面相觑。原来这回更正居然又把“巳县”更正成了“已县”。上一次弄错了，幸好弄拙成巧，瞎猫撞上了死老鼠，谁知这次竟又弄错了，岂能还会歪打正着？

恰在这当口，电话铃响了。有人一接，顿时面露惊喜之色。原来巳县监察部门打来电话说，他们已看到报纸，经查问，工商银行行长已经初步承认有“读者来信”反映的问题。电话里还说，感谢报社和那个“义愤”同志为他们提供了线索。

不知怎么，众人听了这“因祸得福”的消息，一点也兴奋不起来，两次失误，两次歪打正着。这说明了什么呢？而且对原来反映的已县工商银行行长的问题又如何办呢？总不能简单地再对更正进行一次更正吧？后经研究讨论，报社领导决定派王编辑前去巳县，配合巳县监察部门对工商银行行长的问题作进一步的调查，然后把前后一切公诸报端。

王编辑把手头工作安排了一下，准备奉命前往。谁想行前突然又收到已县义愤寄来的一封信。信中说："我从报上看到那封反映行长问题的读者来信，信中内容及信尾落款，很像是我在一年前寄给报社的那封信，可不知怎么成了已县的了？第二天又看到你们的更正启事，就更怀疑那封信就是我写的了。如若真是这样，我不禁要问你们：对这种内容的群众来信，你们报社为什么一年以后才给刊登出来？而且我今天信中特意要说明的是，我们的行长早已换人了……"

义愤的信在众人手中传阅。要说笔迹吧，倒确实像出自一人之手，可要说是一年前寄出的，那就奇怪了。因为看信皮上的邮戳日期，明明是最近的事呀。

于是，就有人出主意，给"义愤"所在的已县邮局打电话问一问。电话打到已县邮局，回答说，县城内一个信筒坏了一年了，一直没有使用，前些日子维修时确实发现里头有一封信，于是就投递邮走了，但这封信是否就是要查找的那封，他们吃不准。

看来。不用再去证实什么了，事情明摆在那里，大家都明白。有人说，这几次的歪打正着，在报社历史上真是少有，简直可以写进吉尼斯大全了。

哲学先生评曰：歪打正着是偶然，歪打而又能正着，说明偶然之中存在着必然。即使一万次只打着一次，此中仍有"必然"，惟概率较小耳。这一篇中的歪打却屡屡得手，其概率大到滑稽的程度，于是事情发生了颠倒，歪打成了正打，偶然成了必然。这当然是一种夸张的讽刺，而诚如鲁迅所言，讽刺的生命在于真实，这就颇能发人深思了。

（张兰生）

（题图：张恩卫）

我没有抢劫

这天夜里，胜利在外面打麻将回来，半路上肚子突然作怪，四下里找方便的地方，却不见厕所，好不容易找到一个公园，挑了一个隐蔽的地方，刚拉下裤子，就见前方有两个人互相依偎着走来，一个大腹便便，一个长发飘飘，显然是一对情侣了。唐胜利眼看他们离自己越来越近，急了，连忙喊道："站住！"

那两个人哆嗦了一下，女的惊叫了一声，就扑进了那男人的怀里。那男人稳了稳心神，说："这位兄弟，一定是最近手头有点紧是不是？老哥我今天带的钱不多，这三千块钱就拿去喝顿酒吧，哦，对了，还有这手机，才买没几天，也送给兄弟吧。"说着他就把钱和手机放到了地上。

唐胜利原来准备还要说一句"别过来"，他光着腚正在方便呢，可一听那男人说话的声音，发现那人竟是他们厂里的花厂长，而那个女人，却是他们车间的质检员杨甜！花厂长天天在厂里嚷着要工人下岗，如果他唐胜利此刻一说话，花厂长认出是他，那麻烦可就大了，所以他硬是没敢吭声。

花厂长把东西放到地上，随即拉着杨甜慌不择路地跑了。

唐胜利又惊又喜，没想到他拉了一泡屎竟然拉出财运来了，可再一想，他又犯了愁：钱还好说，上面又没写字，怎么花都行，这手机可怎么处理？扔了吧，舍不得；留着吧，他哪买得起这种手机，还不露了馅？唐胜利想了想，决定回去啥也不说，老婆那张嘴封不严，弄不好就传了出去。回到家后，他先把钱和手机都藏好，想等几天，如果没有风声，再想法子把手机给低价卖掉。

第二天，唐胜利不动声色地又去上班。中午在食堂吃饭时，一个工友忽然对他说："昨天晚上，花厂长出事了，被人抢劫了三十万元公款和一台新手机！"

唐胜利的头"嗡"了一下，怎么是抢劫呢？他可是没那个念头哇，再说明明是三千块钱，他数过好几遍的，怎么变成了三十万？食堂里好多工友都在议论纷纷，说花厂长昨天原本准备到南方去出差的，他从厂里领了三十万元的公款，夜里走到火车站旁忽然被人抢劫了，说得有鼻子有眼的。唐胜利想起来了，那个公园正好在火车站旁边，他现在是跳进黄河也洗不清了！整整一个下午，他都是晕头转向的，有一次差一点让机器把手给轧了。

好不容易盼到下班，回到家后，他背着老婆取出了花厂长的手机，装进口袋，想把手机偷偷扔了。

唐胜利刚要出门，老婆追过来堵住了门口，叫道："上哪呀？又去赌钱是不是？”唐胜利忙说：“我保证不是去打麻将，保证一会儿就回来，我发誓！”好不容易把老婆哄住，唐胜利这才慌慌张张地出了家门，把手机扔进了一条偏静小巷的一个窨井里。

当天晚上，唐胜利心神不宁地上了床，心里有事，在床上翻来覆去怎么都睡不着，刚迷迷糊糊地有了点睡意，忽然又被老婆推醒了，老婆很紧张地说：“你咋了？你究竟是咋了？”

唐胜利揉着血红的眼睛说：“我……咋了？”

“你刚才说梦话了——”老婆说，“说啥‘我不是抢劫犯’、‘我没有抢劫’，喊得一栋楼都听得见！”

唐胜利一听，吓得冷汗直冒。老婆抓着他的手，温柔地劝慰他，说：“你有啥心事，说给我听听，我们是一家人，你连我都信不过？”

唐胜利再也挺不住了，便把昨天夜里的事一五一十说了一遍，没想到老婆“噗嗤”一笑，说：“我告诉你，你的钱跟手机，我昨天夜里都看到了，我还以为是你赢的呢。你不是一直认为自己很聪明吗？这么点事就难住你了？”

唐胜利见老婆胸有成竹的样子，像抓住了一根救命稻草，忙说：“老婆，有啥办法，快教教我！”

老婆慢条斯理地说：“那你以后还打不打麻将、赌不赌钱了？”

“我保证不赌了，再赌我就是……”老婆捂住他的嘴，说：“别诅咒了，往后赌不赌，这还要看你自己——其实这件事很简单，你到公安局去投案自首，把事情讲清楚不就行了？”

唐胜利有点泄气，就这个办法呀，那还不得在牢房里蹲几年？老婆又劝他说：“你只是贪小便宜，又主动投案自首了，不会判刑的，你怕啥？花厂长肯定是把那三十万元公款给贪了，我们能眼睁睁地看着他把国家的钱捞进自己的腰包吗？咱们厂子一年不如一年，都是他给弄的，你揭发了他，还是个大功臣呢！”

唐胜利想了想，还真没有别的办法，他心一横，第二天一早，就和老婆一起去了公安局。公安局本来就很重视这事，马上叫来花厂长和杨甜，把两人分开一问，没费多大力气就把事情弄了个水落石出，而扔在窨井里的那台手机，自然也成了一个实证。

其实，花厂长不但贪污、养情人，还喜好赌钱。那天晚上，他又输得一败涂地，欠下了三十万元的赌债。债主把一同跟去看热闹的杨甜扣押着，让花厂长第二天夜里拿钱来赎人。第二天，花厂长就以外出签合同为名从厂里提了三十万元，到了夜里，在约定的交接地点一手交钱，一手放人。交接地点就是在唐胜利方便的那个公园里，花厂长领着杨甜回来，忽然碰到唐胜利，他误以为是遇上抢劫的了，只得把身上的三千块钱和手机都放到了地上。当天晚上，花厂长忽然心生一计，他想假借被人抢劫的名义，把三十万元公款抵掉，没想到他遇上的并不是真正的抢劫犯……

花厂长被撤职查办，而唐胜利因有重大立功表现，被免于处罚。唐胜利回到厂里，工人们夹道欢迎，都说他是厂子的大功臣，唐胜利尴尬地苦笑着说：“要说功臣，我老婆才是真正的大功臣呢！我今天当着大家的面发誓，往后我再也不赌了！”

（许一丰）

（题图：黄全昌）

信你不信我

何家坳有个农民何二狗，长得五大三粗，有一身好力气，只是四肢发达头脑简单，只会在自家两亩责任地里刨食吃，农闲时晒个太阳，有时也凑个伙儿要要小钱，日子过得紧紧巴巴，到现在，家里只有一台九寸的黑白电视机。

一个月前，二狗得悉妻子雅兰怀了孕，心里一高兴就动开了脑子：怎么也得找个临时活，挣几块钱为妻子补补身子。主意一定就进了县城。谁知在县城里转悠了好几天，也没有揽到一个活儿干。这天早上，二狗正为此事发愁，天上下起一场鹅毛大雪。二狗的眼睛一亮，叫声："好事来了！"赶紧打听，哪里需要清扫积雪的人。

功夫不负有心人！二狗从城东走到城西，经过县政府门前时，只见一位腆着将军肚干部模样的人正站在大门口，望着门前大路上半尺厚的积雪发呆。二狗不敢上去问他要不要找扫雪的，就故意在他面前放慢了脚步。嗨，这下倒也真管用，“将军肚”看见二狗，就先开了口：“小伙子，扫雪的活干不干？”

二狗一听这话，喜得先点头后答话，嘴里一迭声地说：“干、干。”

将军肚堆着笑脸说：“行，就雇你干，只是有个条件，你必须在两小时之内，把县政府门前这段大约 200 米路上的积雪清扫干净，报酬么，50 元钱，怎么样？”'

“行，行。”二狗一边捋起袖口，一边连连答应。

将军肚转身从传达室里拿出工具，递给二狗，又再三叮嘱必须保质保量完成，随后就缩着脖子进屋喝茶去了。

二狗说干就干，顷刻间累得满头大汗。两小时不到，眼看那段路上的积雪就被收拾干净了，确切地说，只有路西端还剩下一点点：这时候，将军肚忽然出现了，笑眯眯地将一张 50 元大票塞进二狗的手里。二狗高兴地将钱揣进怀里，正要继续挥锹攻下那块最后的“堡垒”时，将军肚却按住了他手里的铁锹，笑着说：“行了，行了。小伙子，辛苦你了，趁着现在雪下得小，快回家暖和暖和吧！”

二狗一听，感激地放下铁锹，揣着那 50 元钱兴冲冲赶回乡下，一进门便在雅兰的脸蛋上着着实实亲了一口，之后又摸着老婆的肚子说：“儿子呀，你瞧瞧吧，爸爸我给你挣回钱来了，你们娘俩想吃点啥只管说……”

当天晚上，雅兰特意到小卖店打了半斤酒，犒劳二狗。可谁知二狗烧酒没喝几口，酒杯就被老婆夺走了。原来晚间的电视新闻里，正在播放一组县政府机关干部们在县政府门前 200 米路段一个个挥锹抡镐清理积雪的镜头。播音员抑扬顿挫的声音显得特别清晰：政府机关干部冒寒扫积雪，精神文明风貌报春展新姿……

雅兰顿时觉得被二狗骗了，心中火起，指着他的鼻子大骂："何二狗，你这个臭不要脸的，县政府门前的积雪明明是那些机关干部们清扫的，你竟然骗我说那是你一个人干的。你快坦白，这50元钱到底是从哪儿弄来的？"雅兰说着，将那张50元的票子从口袋里掏了出来，狠狠向二狗摔去。

二狗心里冤枉啊，却又没法解释，真恨不得把电视机砸个稀巴烂。面对越吵越凶的老婆，他一时性起，一巴掌向她脸上扇去。雅兰向右一躲，不想脚下一滑，被一杆刚刚从邻家借来的大秤触到了肚皮，雅兰立刻大叫一声，倒了下去。

雅兰流产了。第二天上午，她在医院里提出要与二狗离婚，不管二狗怎么解释，也不改变主意。二狗急得大汗淋淋，拼命给岳父岳母磕头求情，却无济于事；又求村长、主任帮忙做工作，也无人搭理。因为无论是谁都相信电视，不相信二狗。

走投无路的二狗跌跌撞撞地回到屋里，一口把那半斤酒灌进肚里，顺手操起那根秤杆，对着那台电视机吼道："为什么大家都信你不信我？"

"砰——"砸下去的声音惊天动地，电视机的屏幕玻璃碎了一地。

（吴　祥）

（题图：魏忠善）

王老大的难题

这天，资阳县赈灾办公室主任老李收到一封信，信是城关镇五里营一个叫王老大的孤老头子写来的。信中说，他辛苦了一辈子攒下了好多钱，听说他的老家遭了水灾，他想把这些钱捐献给家乡的乡亲们，但他现在重病在身起不了床，想委托赈灾办帮他办理，希望尽快派人来和他联系。

五里营离县城只有五里地，李主任看完信，立即骑着自行车，一会儿工夫就到了。

一进村，李主任先找到村支书老洪。从老洪的介绍中了解到，解放前，王老大是逃荒来到五里营的，在村里搭起一间小屋，靠收破烂为生。他不爱交往，村里人都不知道他的底细，但大伙都知道，这老头儿有钱。

前几天老头儿生病，起不了床，便托老洪支书写了这封信。

说话间，已经来到王老大家。这是一间破土屋，门前到处是废铁碎玻璃。屋里阴暗闷热，黑得发亮的被子里躺着一位须发皆白的干瘦老头儿。

一进门，老洪支书就大声说："老大，李主任看你来了。"

"咳……"王老人应了一声，便挣扎着想坐起来，但终于没有成功。他只得躺着，气喘吁吁地睁开无神的眼睛。面部毫无表情地问道："你是县上来的？""是的，老王。""你的证明呢？"

"证明？"李主任哪想到带证明，只得尴尬地望着老洪支书。

"老大，"老洪支书忙打圆场，"这位李主任我认识，他不会跑这么远来骗你的，再说，你还不相信我吗？"

"对不住，我真怕被人骗了，你们不知道，我攒这些钱不容易呀。"他顿了顿又说，"既然你们认识我就放心了。"他又挪了挪身子，"来，先把钱取出来。"

按着王老大指点，李主任和老洪支书一阵忙活，把小屋里的地底下，墙缝里，房顶上，炕洞里整个翻了一遍，忙完后两人大吃一惊，屋中央地上一叠叠破旧的人民币堆成一座小山，仅硬币就盛了一脸盆。

王老大看着两人吃惊的样子，死灰似的脸上露出一丝不易察觉的笑容："这是我一辈子的血和汗哪，哪一张都经过这双手！"

李主任惊诧地又朝屋子里扫视了一遍，只见黑乎乎的土墙，低矮的土炕，没一样像样的家具；三根长短不一的铁棍支着，用铁丝吊着一只破铝锅；下面是早已熄灭的灰烬，锅里是馊了的黄面糊糊。不是亲眼见到，他绝对不会相信，一个腰缠万贯的老人，会生活在这样的环境里。

"几十年了，"王老大断断续续地说，"至今我还记得那场水灾，我们村被冲了个干干净净，缺吃少穿，树皮都被人扒光了。我爹、我娘、我妹妹，还有小柱子、二狗子，都活活地饿死了，好惨哪……那时候我就想，啥时候我有了钱，一定要让村里人有吃有穿，过上温饱的好日子。前几天，我听说我们那儿又遭了灾，晚上我就梦见了我娘他们。一个个面黄肌瘦，伸着手跟我要钱。从那天起我就病了，天天做恶梦……”他喘着，哽咽着又说，“我知道，我娘是要我把钱送给正在遭灾的乡亲们哪！”

听了这些话，李主任激动地说：“老王……大爷，我代表灾区人民向您表示感谢，您只管安心养病，这笔钱，我们一定要代你尽快交给灾区人民。”

王老大点点头说：“我看你是个实在人儿，我相信你，但我有几个条件，你得答应我。”

“什么条件？您说吧。”“第一，这些钱，要全部买成白面馍馍；第二，把这些馍馍全部送给我们那个村；第三，告诉乡亲们，这是老王家的后人一辈子的血汗换来的。”

听了这几个条件，李主任有点奇怪：“老王大爷，您干吗要买成馍馍，把钱直接寄去，不是更快更方便吗？”“你们不知道，我可经过那阵势，大灾一过，最缺的就是吃的。”

李主任为难了：“这事不好办哪。您想，这么热的天，馍馍运到您的家乡还不都得变质。再说，您这钱我和老洪支书点过数，一共是一万零八百六十五元五角，还不包括这一脸盆硬币，要全部换成馍馍，得装一火车皮，灾区铁路不通，我们也不好运哪！”

“如果你真不好办，我也不为难你，我就是把这钱烧了也不能让那些贪官把我的血汗钱装进自己腰包里！”

李主任一愣："什么？您说什么？"

王老大气愤地说："前一阵子我就听人说，有些当官的把老百姓捐给灾区的钱装进自己的腰包，我这些钱挣来不易，不能让那些昧着良心的给我贪污了。我寻思了好几天了，把我的钱买成馍馍。那些贪官大鱼大肉吃顺了肠子，总不会贪污我几个馍馍吃吧。"

李主任心酸了，哑然了，感到脸上发烧，他想安慰老人几句，但又不知说什么好，只好默默地走出屋子。

老洪支书跟他走出来说："李主任，他可不是说您，乡下人说话不知深浅，您可别在意啊。"

李主任心情沉重地长叹一声："我们党内确实有些败类，一条鱼沾得满锅腥。群众不相信我们了！"

老洪支书也说："这个老大也太固执了点，可他的心是好的，我看是不是满足他这点要求……蒸馍馍的事，我们村办食品厂包了，不要一分钱加工费。"

"谈何容易，"李主任摇摇头说，"铁运中断，只有空运，为了几个馍馍，值得吗？"

经过商量，两人决定，先送王老大住医院治病，捐款暂由村委会保存，李主任回去向上级汇报情况。

带着负罪般的心情，李主任回到县里。向主管赈灾工作的副县长做了汇报。

听了李主任的汇报，副县长也直挠头皮，这确实是个棘手的问题：答应这几个条件显然不行，不答应又违背老人的意愿。最后副县长决定，专门组织会议研究讨论，并就老人提出的这个问题给各级领导上一堂生动的政治课。

不料就在这时传来消息，王老大死了，死在送医院的途中。据陪送的几个年轻人讲，死者临终时不停地念叨：“我的血汗钱……我的白馍馍……”

与会者震动了。他们纷纷慷慨陈词，痛斥当前干部队伍中的不正之风，然而，对王老大提出的条件，依然没有得出结论。

王老大一桩小小的心事，竟给领导干部们出了一道大难题，他在九泉之下，不知是否会瞑目。

（原复兴）

（题图：王世坚）

小康村里好事多

后塘村是一个穷得叮当响的贫困村，却让乡里作为小康村给上报到了县里，县里又上报到了市里。

本来报也就报了，谁知市里这回认真了起来，分管脱贫奔小康的王副市长要来小康村检查指导工作。

这可急坏了吴县长。吴县长一个电话打到乡里，又急坏了赵乡长。赵乡长想这事瞒不下去了，就实话告诉吴县长，后塘村离乡里最远，原来报这个村的意思就是想吓退上面的领导别来检查工作，谁知还是来了。这个村别说连电视机还没有一台，村民家里就是像样的被褥也拿不出一床，王副市长一来不是要露馅？

吴县长在电话里直骂赵乡长混账，但事到临头了，已没有了倒退的余地。吴县长沉思片刻后当机立断，叫赵乡长马上派几辆卡车到县招待所去。

接着，吴县长又和县招待所所长联系，要县招待所拿出200套被褥和所有客房里的彩色电视机，借给后塘村。

几天后，王副市长在县长、乡长等人前呼后拥下来到了后塘村，他对富裕的后塘村给予很高的评价。

王副市长前脚走，乡里后脚就来拉彩电、被褥。没想到村民们怎么也不答应，而且威胁说："谁敢拉走，咱们就要告到王副市长那里去。"结果，电视机一台也没拉成。

没过几天，市里分管计划生育的李副市长又要来小康村检查指导计划生育工作。吴县长接到市里电话，头上直冒冷汗。因为后塘村的小伙子大都还是光棍一条，别说计划生育，就是给计划也生育不了。怎么办呢？小康村里总不能小伙子都没有媳妇吧？吴县长无计可施，只得又把眼光盯上了县招待所，招待所里有几十个漂亮的服务员，何不借来一用呢？

可当吴县长把意思一说，招待所所长因为有了上次彩电借去不还的教训，说什么也不同意，这服务员要是也借去不还，那可不是闹着玩的。可吴县长实在是没有其他办法了，就说："放心，彩电是死的，可这人是活的，咱们当天就把她们拉回来，绝对不会有事的。而且还要赵乡长到村里去讲明白，这人只能看，不能动一个手指头，否则我要赵乡长负一切责任。"

话说到这个份上了，招待所所长只得放人。

于是，当李副市长来到后塘村时，不时看到村民家里有漂亮媳妇出现。

李副市长来到了一户人家，户主是个五大三粗的小伙子。赵乡长向李副市长介绍："李市长，他叫陆军，是位复员军人……"

赵乡长的话还没说完，陆军家里的门帘一撩，出来一位漂亮的姑娘．对着赵乡长甜甜地叫了一声："爸！"这一叫叫得赵乡长等人目瞪口呆，只有李副市长乐哈哈地说："赵乡长把女儿都嫁到小康村来了，看来这小康村的确吸引人。"赵乡长只听说吴县长想办法借来了一批媳妇，可不知道自己在县招待所当服务员的宝贝女儿也被借来扮"媳妇"了。他心里冒火，可脸上还不能露出来，只得尴尬着脸点头称是，甚至还即兴问了一句："闺女，好久不回家了，这段日子还好吧？"赵小姐因为今天借用一下有 100 元的补贴费．所以扮得很投入，高兴地说："还好。"

陆军不知道他的"媳妇"是赵乡长的千金，吃了一惊，但因为受了村委主任的叮嘱，所以也竭力配合，认赵乡长作了"丈人"："爸，进屋坐一会吧！"

赵乡长心里十分恼怒：谁是你爸了？但嘴上还是连忙说："不了不了。"

李副市长见今天遇上了这般巧事，也来了兴致，问陆军道："孩子多大啦？"陆军红着脸吞吞吐吐地说："还，还没有……"

李副市长说："青年人提倡晚婚晚育是好事，但看你年纪也不小了，这事也不能太晚，否则对优生优育不利，得抓紧时间生一个……"

陆军看看赵乡长，不知如何回答是好："这……"

李副市长说："怎么，你老丈人不同意？这事你们听我的没错，你们抓紧时间……"

赵乡长怕让李副市长看出真相，赶忙对陆军说："是得抓紧时间生个孩子了。"

陆军马上拿出军人的气势说："好，听领导的，我坚决完成任务！"

说到这儿觉得意犹未尽，又补了一句：“不获全胜，决不收兵！”

告别陆军家后，李副市长一行又到别的人家去看了。

等领导们走得看不见后，陆军一把将大门关上。赵小姐一惊，叫了起来：“你要干什么？可是说好的，只许看，不许碰……”

（韩仁均）

（题图：李　加）

先救领导

蛤蟆屯有个能人叫猴三，是个爬山钻洞的好手。

这天上午，村主任老何正在家里接待乡政府的李秘书，放牛倌李老栓跑进来，嚷道："出大事了！刚才县里的马局长掉进燕子洞了！"

老何还没反应过来，一旁的李秘书先急了，问："你亲眼看见的吗？你怎么知道他是马局长？"

李老栓说："我亲眼看见他和一个人一起掉进去的。马局长这些时老来燕子洞，还向我打听过燕子洞的事，所以我认得他。"

李秘书急得一下跳起来，对老何喊："肯定是旅游局的马局长，快组织人去抢救！"

老何连忙带着李秘书去找猴三，猴三二话没说，带上工具，叫来儿子，一起赶往燕子洞。

一行人很快到了燕子洞，李秘书一看，洞口非常隐秘，下面幽幽的看不见底，他把猴三父子拉到一边，说：“你下去一定要记住，先救领导！”

猴三犯难地说：“我没见过马局长，不知道哪个是领导呀？”

李秘书说：“我也没见过马局长，但谁是领导，谁是一般群众，区别还是很明显的。我再说一次，你要是救错了，后果将非常严重，责任不是你承担得起的，明白吗？”接着，李秘书对他们讲了领导和群众的三条区别，让猴三根据这些区别认出领导。

猴三耐着性子听完李秘书的话，连忙带着儿子滑到洞底，用头顶的探灯一照，底下果然有两个人。一个仰躺在地，浑身是血，另一个斜靠石壁坐着，也是满头满脸的血。猴三先用手探了探两人的鼻息，发现都还活着，但都陷入昏迷，躺在地上的那个伤势重一些。按道理他应该先救躺着的，但他想到李秘书的命令，就想，先得确定他是不是领导啊！

突然，斜靠石壁坐着的那个人醒过来，说：“救……快来救我！”

猴三连忙问：“你是不是马局长？”这个人点点头，说：“是！”头一歪，又晕了过去。儿子说：“既然他说他是马局长，那赶紧救他上去吧！”猴三瞪了一眼儿子，说：“你懂啥？他说是那就是啊？”儿子糊涂了，说：“那怎么办？”猴三说：“摸摸他们的肚皮，李秘书说，领导的肚皮一般比较大。”

一摸，发现仰躺着的人肚皮比较大，坐着的人肚皮反倒小，猴三问儿子：“难道躺着的才是马局长？”儿子说：“我看不一定，现在有些老百姓生活过得好，肚皮也能大起来，而有些当官的吃坏了肠胃，肚皮反而会小下去。”

猴三想想也对，又说：“李秘书说了第二招，看穿着，领导一般穿得比较讲究，有品位，一般穿的是名牌。”父子俩连忙看两个人的穿着，可看来看去，啥也看不出来。猴三说："赶紧按李秘书说的第三招做吧，看皮肤，领导的肤色一般较白嫩，面色白里透红，肌肤细腻光滑，手掌柔软，普通群众皮肤较粗糙，因常年劳动，手掌多有茧子。"父子俩赶紧打量两个人的皮肤，但这两个人脸上手上都是血，根本瞧不出来，猴三特意摸了摸坐着的那个人的手掌，感觉比较柔软，又去摸躺着的，发现也差不多。

到底哪个是领导呢？猴三瞧瞧这个，又瞧瞧那个，仍是拿不定主意。

这时，儿子提醒猴三，说："李秘书刚才还说过，领导比较珍惜自己的生命，谁最怕死，谁就是领导。"猴三知道李秘书说过这句话，但现在两个人都昏迷着，怎么知道谁更怕死啊？

突然，仰躺在地上的人哼了一声，猴三连忙奔过去，问道："你是谁？你是不是领导？"这个人看了猴三一眼，指指坐着的那个人，说："救……救他！"说完也是头一歪，又昏了过去。

儿子这下松了一口气，说："爸，刚才坐着的那个人要我们救他，现在躺着的也要我们救那个坐着的，显然坐着的那个人是马局长，我们赶紧救他吧！"猴三点点头，说："好，先救坐着的这个人。"

父子俩赶紧行动，把靠着石壁坐着的这个人扶起来，让他趴在儿子背上，再用绳子固定，猴三的儿子借助上面的拉力，一步一步攀了上去。

等上面的绳子再放下时，已经过了不短时间了，猴三急忙去扶那个躺着的人，哪知过去一看，这人早已气息全无，猴三一下愣了，一条人命，就在这判断谁是领导的工夫没了，他朝着死者磕了三个头，说："兄弟，按理说我应该先救你，可我怕那个李秘书整我，不敢这样做。"说完，他把死者绑在自己身上，依靠着上面的拉拽，攀了上去。

猴三升上洞口，发现这时洞口周围已经挤满了人，乡政府领导都来了好几位，看来是李秘书用手机通报了乡里。他们见了猴三，一齐上来，七手八脚帮猴三解开绳子，把背上那个人放下来，这时，只听乡长大喊一声：“啊！这不是张县长吗？”

乡长这一喊，一群人顿时全围了上来，连连说：“没错，是张县长！他怎么也来燕子洞了？”乡长蹲下身子，给张县长探探鼻息，试试脉搏，又翻开眼睑看看瞳孔，摇摇头，说：“死了！”

大家听说张县长死了，不由得一齐发出声叹息。

这时，一旁的李秘书吓得脸色都变了，他把猴三拉到一边，问：“你怎么没先救张县长？”猴三说：“你不是说只有马局长一位领导吗？”李秘书急得直跳脚，说：“我知道县里正开发旅游资源，马局长会来燕子洞，但没想到张县长也一起来了啊！”猴三说：“我们刚下去时张县长还活着，如果当时直接把他救上来，可能他还有救。都是你，先在上面啰嗦一通怎么辨认领导，要我们先救领导，害得我们在下面瞎琢磨，把时间都耽误了。”

李秘书吓得朝猴三直作揖，说：“我的亲哥哥，你可不能在外面乱说啊！就当我什么也没跟你们说过，啊？”

猴三瞪了李秘书一眼，说：“你这种人，就能坏事！”

（汉　唐）

（题图：张恩卫）

智力测验

最近，电视台搞了一次别开生面的智力测验，准备拍完之后向全国播放。他们带着摄像机和录音机，先到某个局，测验机关干部。

节目主持人先在黑板上用粉笔画了一个圆圈，问道：“请大家回答，这是什么？”

这时高压水银灯已经开亮，摄像机也对着机关干部们的脸轻轻摇了起来，记者们举着好几个话筒，单等着谁一说话，就送到他的嘴边。

机关干部们看着黑板上的圆圈，不禁纳了闷：这究竟是什么意思呢？心中没底，不敢回答。摄像机可是不停地来回摇，谁也不能回答吗？那可太不像话了！科员开始以请示的眼光看着科长，科长以求教的眼光看着处长，处长以他那擅长领会意图的聪明的眼光盯着局长，局长用习惯的眼光向秘书求援，然而，美丽的女秘书今天可是彻底懵了。

过了一会，秘书走过来跟局长咬耳朵。她忘记了正在录像，局长听了，点点头，气呼呼地说："对不起！提前不打招呼，不经过研究，我怎么能随便解答你们的问题呢？"

随后，电视台的同志们来到智力测验的第二站——大学中文系的教室里。灯光亮了，摄像和录音开始了，节目主持人在黑板上画了个粉笔圆圈，说："请大家回答这是什么？"

冷场半分钟。骄傲的大学生们突然哄堂大笑，纷纷叫嚷起来：

"这算个啥问题呀？还要考我们大学生！"

"太瞧不起人啦！简直是开玩笑！"

"只有傻瓜才回答你们的问题！"

"别嚷啦，他们还在录音呐！"

初中学生是第三组。一个常考第一名的尖子学生，规规矩矩地带头举手，然后站起来指着黑板上的粉笔圆圈答道："这是一个零。"

节目主持人问："他答得对吗？"

同学们齐声回答："对！"

主持人问："还有别的答案吗？有没有第二种答案？大家好好想一想。"

一个调皮的学生，没敢站起来，在座位上叫一声："欧——英文字母欧！"

班主任瞪了他一眼，节目主持人赶紧说："他说得对呀，回答得很好！"

第四组是小学一年级的孩子们。他们看了黑板上的粉笔圆圈之后，教室非常活跃，纷纷举起小手，抢着回答问题："是个月亮！"

"怎么是月亮呢？"节目主持人高兴地问。

“黑板是天，天黑了，月亮又白又圆！”

“是乒乓球！”

“是鸡蛋！”

“李谷一的嘴巴——她在唱歌呢！”

“不，这是老师的眼睛，发脾气啦！”

智力测验圆满结束。电视台正式播放这个节目的时候，给它加了个标题：“人的想象力是怎么丧失的？”

（张　军）

（题图：安玉民）

你爹还活着

镇上有个青年叫阿海，这个人好吃懒做，高中毕业后，家里叫他学补鞋，他嫌脏；又帮他联系到县城，找了个扫街的临时工，他嫌累。这样过了几年光景，阿海在家里什么事都不想干，呆得烦了，就跑到省城打工，可他到了省城又是三天打鱼两天晒网，什么事都瞧不上眼，没找到一件自己做得下去的工作。这天，阿海在街上晃悠，忽然灵机一动，终于想到一个自己能够做得惊天动地的好活计。

他赶紧回到住处，找出父亲的一张相片，拿着相片来到市中心广场，找到在那里为游人画像的老茂叔，请老茂叔把这张相片画成一尺大小的画像，然后在画像下面写上一句话：因为父亲意外死亡，家庭困难，无奈辍学，请求各位叔叔阿姨大爷大妈给点帮助。

老茂叔是阿海父亲的好朋友，听了阿海的话大吃一惊，问："你这是干什么？"

阿海朝老茂叔旁边一个乞丐的破碗里"当"地扔了枚硬币，说："我想干这个！"

老茂叔看得目瞪口呆，好半天才说："那你明天再来！"

阿海第二天兴冲冲地跑过去，老茂叔没跟阿海说那画的事，却指着身旁站着的一位大汉说："他是'好日子'搬家公司的老总，答应你去他的公司干活！工资不是很高，但养活你自已肯定没问题！你可以先做着，边做边找机会。"

阿海气不打一处来，三两句话就把那大汉打发走，又对老茂叔说："我要是想找工作还用得着你帮？我请你画的画呢？"

老茂叔又把阿海打量半天，摇摇头，说："要不，你明天再来？"

第二天阿海又赶了过去，人还没到就大声嚷嚷问老茂叔画好了没有，老茂叔不答阿海的话，从画夹里拿出一张本市的地图来，阿海一看，老茂叔在地图上用红笔画了很多个小圈圈，就问："你怎么在上面画这么多圈圈啊？"

老茂叔说："我画着圈圈的都是公共厕所的位置。现在省城流动人口多，好多人走在大街上，突然内急了却找不到厕所，你拿着这张图去帮人找厕所，帮一个人只收五毛钱。你不光会有不少收入，那些内急的人肯定还会一个劲地感谢你！这职业又新鲜又好玩，还能解决你的生活问题。怎么样？"

阿海哭笑不得，气得把地图往地上一丢，说："帮人找厕所能有多少钱？整天在大街上跑来跑去，还要盯着观察人家是不是在找厕所，累不累啊？哪有往那儿一蹲，人家自动往碗里扔钱来得爽快？"

老茂叔听得直摇头，说："那好，你明天过来拿画吧！"

阿海再赶过去时就直接朝老茂叔要画，老茂叔还是不答话，拿出一堆纸和笔往阿海面前一放，说："从今天开始你跟着我学画人像吧，蹲在这里哪也不用去，一天能画出二三十块钱来，饿不死你！"

阿海再也忍不住了，他火冒三丈，瞪着眼对老茂叔说："老茂叔，你哪来这么多想法？要不是你跟我爹关系好，我才不找你。你到底画不画？你不画我这就走人，找另外的人画去！"

"既然这样，我马上给你画！"

老茂叔说着，拿起碳笔就画开了，不一会儿工夫，老茂叔把一张画好的画递给阿海，说："拿去！"

阿海拿过画一看，倒抽一口凉气，说："你这画的不是我吗？"

老茂叔微微一笑，说："没错，我画的就是你！你要我画你爹，可你爹正在县城里替人补鞋子，他活得好好的，你却要我画他的遗像，我怎么画得出来？"

阿海说："那你也不能画我呀！我也活着呀，而且这么年轻，你画我干什么？"

老茂叔说："在我看来，你爹还活着，但你实际上已经死了！"

（路　华）

（题图：刘斌昆）

给牛认个错

这年春天，副县长的儿子周郑，开着路虎车，带着女友去郊外兜风。车子开到一条村路上，见前面走着一大群牛，把整个道路都占满了，周郑只好放慢了速度，跟在牛群后面，走走停停。

走着走着，女友“扑哧”一声笑了：“你开的是牛车吧？”周郑听了，一股无名火升了起来，在漂亮的女友面前，怎么也得找回面子！他挂了个倒档，车子向后倒出一百多米，突然加大马力，向前冲了过去，他猛轰油门，紧按喇叭，声势十分吓人。吓得牧牛人躲到一边，鞭子也掉到地上，那群牛还算识时务，都躲到一边去了。

周郑乐了：“怎么样，老虎不发威，当我是病猫？”说话间，车子眼看就要冲过去了，可是最前面还有一头老牛。这头老牛十分淡定，在道路中间不紧不慢地走着，没拿周郑的车当回事。本来周郑提早打一下方向盘，就可以从它身边绕过去，可是老牛视而不见的态度，周郑是十二分的生气，他一脚油门踩到底，周郑自信，车到跟前，这头牛肯定会躲过去的。

可是这头牛就像和他较劲似的，就是不紧不慢地走。车子都快碰到牛尾巴了，周郑这才意识到这头牛不可能给他让路了。

刹车! 已经晚了。前保险杠碰到了牛尾巴，车子算是停住了，却把老牛给撞了。周郑冲女友一笑："追尾了! "两个人笑得前仰后合，就差没把眼泪笑出来。

笑过了，他们才看到牧牛人正拍打着车窗，眼里喷着怒火，示意他们下车。

周郑摇下车窗，看了看牧牛人，收住了笑容："不就是碰了一下牛尾巴吗，至于要和我拼命? 我把它买下来，回家吃肉行不? "

牧牛人被激怒了，他告诉周郑，他已经记下了车号，要是跑了，就算逃逸。周郑不在乎："什么呀，还逃逸，又不是撞死人了。"

牧牛人坚持要周郑下车，周郑就是不动，想不到牧牛人一拉车门，一跃上了周郑的车，一把拔下车钥匙。下了车，把钥匙环往一头牛的犄角上一挂，一拍牛屁股，牛跑到牛群里去了，周郑认不出是哪头牛身上有钥匙，急出一身汗。

那牧牛人好像还不满足，一个劲要求周郑给牛治病，说牛没治好，车不能动。周郑更急了："你的牛挡我的道，你没看到吗? "

"看到了，他是头瘸牛，走路不便。"

"可是我已经按喇叭了，它连躲都不躲。"

"那是它聋，它是头聋牛，可你不是瞎子，你看得到它，它是畜生，你不是……"

周郑也不想跟牧牛人多理论，碰上这种胡搅蛮缠的，打发点钱走人吧。周郑掏出钱，可是牧牛人不要，就让周郑给牛治病，两个人你一言我一语僵在了那里。

见一时脱不了身，周郑指着牧牛人的鼻子问："你是这个村里的吧，我找个人来管你。"周郑准备给当副县长的老爸打个电话，办这点事，应该没有问题。周郑刚拿出电话，没想到，牧牛人也扯出一只手机来："我跟你说，这一带，我全是熟人，我随便叫个人来，都比你好使。"

周郑看了看牧牛人，心说你能认得谁？大不了认得村长罢了。周郑见牧牛人打电话，他也到一边打电话去了，可是他打了好一阵子，就是打不通老爸的手机。

争吵声引得好多人过来看热闹。女友拉了拉周郑，说："咱们按那个老头的意思办吧，给牛治病，能花多少钱？"周郑说："这不是钱不钱的事，这个老头找人，想给我一个下马威，我倒要看看他找的是谁？"

正说着，牧牛人跳起脚喊："小子，你看，我找的人来了。"

周郑一看，乐了，那不是自己父亲的车吗？原来给牧牛人撑腰的是自己的老爸，自己没打通电话，倒是牧牛人无意中帮了自己的忙。周郑意味深长地笑了笑，那意思是说："等一会儿，有你哭的时候。"

周郑看到父亲来了，刚想上前去打招呼，只见父亲向他摆摆手，周郑心里明白了，父亲是以副县长身份来的，要貌似公平。大伙都不知道他们之间的父子关系，这个时候要做好保密工作。

而牧牛人不知道他们的关系，跑上前去，和周副县长握手："不好意思，还要劳您大驾亲自跑一趟。"

周副县长客气地说："我正好就在附近检查工作，抬脚就过来了。"

原来，周副县长和牧牛人是很早以前的朋友，但来往不多，怪不得周郑不认得牧牛人。

周副县长听了双方的解释后，没有公开他和周郑的关系，而是问牧牛人："老郑，你有什么要求，就说出来吧。"

原来牧牛人姓郑，只听他说："我也没有什么要求，就想让他把牛治好。"周副县长说："这个不难。"说着，走到了老牛跟前，查看了一下伤口，让人找来兽医，把老牛的伤口包扎好了。

周副县长问："老郑，可以把钥匙还给他了吧。"老郑说："你呀，还是当年的样子，我为什么让这孩子给牛治病，第一，我想借着给牛治病，也治治这孩子的牛气；第二，这头牛，不是一般的牛，这是救过人的那头牛，你一定还记得这头牛，这也是我今天找你来的原因。"

周副县长想起了这件事，他和老郑的友谊，就是从这头牛开始的。十多年前，周县长还是周兽医，他在村里给一头老牛动手术时，旁边的孩子淘气，捡起鞭子打牛，激怒了这头老牛，吼叫着向孩子冲了过去，眼看着犄角就要顶在孩子脸上了，人们大声惊呼，这时，另一头小牛却直直地冲了过去，替那个孩子挡住了犄角。孩子得救了，那头小牛却受了重伤。

周副县长握住了老郑的手，说："想不到这头牛还活着，老郑，说实话吧，这孩子，就是当年得救的那个小孩，也就是我的儿子。这孩子从小就淘气，长大了还这样，你就原谅他吧。"

当年，为了感谢老郑家的小牛，周县长把孩子的名字改成了周郑，现在，周郑已经长大了。老郑想了想说："既然这样，那我就只能原谅他了，但我还有一个小小的要求，让他给老牛认个错，这个要求不过分吧。"

周副县长爽快地说："不过分，不过分。"可是边上的周郑立刻就翻了脸："什么，让我跟畜生认错？门都没有。"小伙子在女友面前，怎么能低下这个头。任凭周副县长怎么说，周郑就是不听，没法子，周副县长只好过来和老郑商量，求老郑给个面子。

老郑苦笑了一下，说："你儿子不愿意，那就只好由你来认错了，你向老牛认个错。"周副县长一听，心里也不太高兴，但是嘴上说："老郑，你看，我有什么错，牛又不是我撞的。"老郑严肃地说："你把孩子教育成这样，这不是你的错？"

周副县长有些不好意思了："老郑，我确实有错，但是大庭广众之下，我怎么认这个错？儿子和未来的儿媳妇都在这儿，还有这么多的群众，你太让我下不来台了。"

老郑长叹一声："唉！你们两个为了面子，都不认错，那就只好由我来认这个错了。"

老郑"扑通"一声，给老牛跪下了："老牛，对不起了，当年如果不是我在后面给你两鞭子，你也不会冲过去救人，你不救人，也就不会变成了瘸牛、聋牛，车来了你也能躲得开。十多年了，我心里一直很内疚，所以我像对亲人一样对待你。可是今天，我有点后悔了，你能原谅我吗？我的老牛！"

听了老郑的话，在他的身后，周副县长和周郑都低下了头……

（翟德军）
（题图：杨宏富）

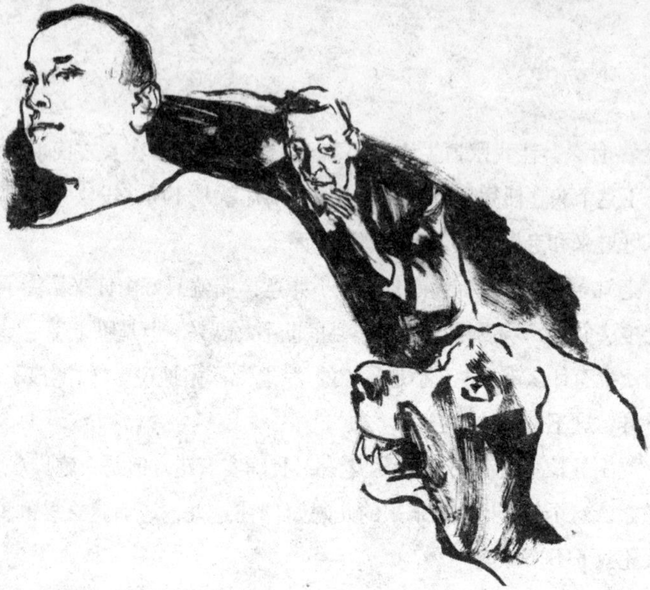

狗　祸

起祸端狗急斗牛

不知从什么时候开始，小区里养狗成了风。每天清晨傍晚，绿地小径上，这边“汪，汪，汪”，那边“啰、啰、啰”，热闹非凡。这天早上，陆大爷牵着小鹿犬在散步，小鹿犬细长身子短尾巴，摇头摆尾地在陆大爷前面蹦蹦跳跳。走进小花园的时候，小鹿犬突然竖耳瞪眼地站住了，陆大爷一抬头，就见牛大爷也牵着新养的一条狗迎面走来，那狗个头虽不算大却滚圆粗壮，两耳尖尖鼓凸眼，耷拉着肥厚的嘴唇，满脸皱折一副凶相。

陆大爷赶紧招呼：“老牛呀，你这是啥狗？样子好凶！”

牛大爷得意地炫耀：“没见过吧，这叫斗牛犬，儿子刚给搞来的，珍稀品种！”陆大爷站住脚：“它不会咬人吧？”

牛大爷牵着狗走过来笑道："咱这狗是斗牛的，不管斗人。"

说话间，两只狗已经玩儿到了一起，互相"吠吠"地嗅起来，陆大爷这才放了心。

小鹿犬生性活泼，嗅着嗅着就一口咬住了斗牛犬的耳朵，本来是嬉闹，可斗牛犬一声没吭，突然一扭脖子咬住了小鹿犬的咽喉，小鹿犬"嗽嗽"惨叫着拼命挣扎。两个老头儿都吓慌了，牛大爷呵斥着死拉硬拽，可斗牛犬使劲一蹿，竟然挣脱了链子，把小鹿犬撕咬得血花四溅。牛大爷急了，脱下皮鞋就打，第一下打了个空，第二下重重地敲在斗牛犬的鼻子上，斗牛犬被逼急了，"汪"的一声丢下小鹿犬，跳起来一口咬住了牛大爷的手腕，牛大爷也惨叫起来，抡起胳膊又打又甩……

这场混战早被在这里闲逛的"九句半"看见，这小子原是站在树丛后津津有味地看热闹，可看着看着忽然灵机一动，折下根树枝大吼着冲来，对着斗牛犬劈头盖脸一通猛抽，斗牛犬吃不住疼，松开口箭一般地蹿进了树丛。

小鹿犬一命呜呼了，陆大爷抱着小鹿犬，孩子似的"呜呜"直哭，牛大爷捂着被自家犬咬伤的手腕，赶紧去医院。"九句半"却一头扎进树丛，钻来钻去追寻斗牛犬。

"九句半"是这一带人人皆知的'胡同串子'，整日无所事事，游手好闲。惟一的特长是撒谎，十句话里倒有九句半是瞎话，因此人称"九句半"。

按说这种人时间长了应该没人再相信他了，可偏偏就有人爱听他的，老实厚道的牛大爷就没少挨他的骗，按"九句半"的话说，就是没事儿拿老梆子找找乐儿。

不过这回"九句半"可不是闲着没事找乐，他把斗牛犬赶进树丛又去找，是想牵去卖钱。老在狗市上晃荡，当然懂得行情，这是只好狗，至少值个千把元，不然他冲上去解围才是吃饱了撑的呢！

“九句半”终于往花园深处的树丛里找到了斗牛犬，斗牛犬也发现了鬼头鬼脑的九句半，它伏下身子严阵以待，掀起厚唇龇出獠牙，喉咙里“呜呜”地发出威胁的低吼，九句半笑着对它挤挤眼，做了个鬼脸儿转身走了。

下午，“九句半”看见牛大爷手腕上缠着绷带在花园里喊了一阵子斗牛犬，结果摇头叹气地走了。“九句半”心里暗笑，他知道这狗没养熟，又被打惊了，任你喊破了嗓子它也不会出来，起码要在树丛里躲上两天。所以，他并不急于下手，晚上出去买了一斤酱牛肉喝起酒来。喝到半夜时分，估摸着狗也饿极了，就轧碎了一片安眠药夹在牛肉里，来到花园，对准斗牛犬的藏身处把牛肉抛了过去。

过了一小会儿，树丛里开始有了动静，一会儿就响起了“呱唧呱唧”的咀嚼声，“九句半”乐了，点了支烟坐下吸起来。

大约过了半个小时，“九句半”钻进树丛，抱起呼呼大睡的斗牛犬回了家。

第二天一早，“九句半”拎着个大提包来到狗市，打开提包在路边坐了下来。不大一会，就有人凑了上来。

那人显然识得斗牛犬，挺感兴趣地蹲下摸了摸，问：“怎么像个死狗？”九句半一撇嘴：“外行！吃了安眠药呗。”接着就信口开河起来：“等它一醒，第一眼看见谁，谁就是它的主人了，绝对忠诚。”那人问价钱，“九句半”开口就是五千，那人叫起来，骂“九句半”心太黑，九句半急了，叫道：“五千还算贵？你识不识货？这是我爸爸从西班牙搞来的，纯种斗牛犬呐！这一来一去得多少开销？”

身后又一个人问：“真是你爸爸从西班牙搞来的？”

“九句半”毫不含糊地说：“那还有错？我爸爸入了西班牙籍，不信你去问……”

话音没落，只听身后喝道：“甭问，我就是你西班牙的爸爸！”说着抬脚把“九句半”踹了个狗吃屎。

“九句半”没明白是怎么回事，刚要破口大骂，一抬头认出那人正是牛大爷的儿子牛二，立刻吓得闭了嘴。

牛二是体校拳击队的，他早就听说老爸常被“九句半”开涮，当时若不是老爸死拦着，早就给他一顿皮拳了。这回家里丢了狗，牛二听了事情经过，马上就想到了“九句半”，说这小子能那么好心出来解围？连鬼都不信，八成儿是看上了斗牛犬。牛二料到若是他偷了必要急于卖掉，于是便寻到狗市来，现在人赃俱获，该老账新账一起算了！

想到这里他二话没说，攒足了劲儿一个上勾拳，“砰”地把“九句半”兜出足有一米远，趴在地上“哇哇”吐出两颗血牙……

狗市轰动了，爱看热闹的人立刻围上来，却没有一个人理睬趴在地上的“九句半”，反都嘻嘻哈哈地夸赞牛二这一拳打得有泰森味儿。牛二高兴了，得意地晃晃拳头，抱起斗牛犬扬长而去。狗贩子们又拿“九句半”找乐儿，几个人还装模作样地帮他找牙，“九句半”又羞又气，爬起来捂着腮帮子走了。

惊煞人半夜狗吠

“九句半”捂着腮帮子找居委会康主任告状，说是见义勇为反被牛二殴打，要求政府惩办牛二抓捕疯狗。康主任久闻“九句半”大名，知道他嘴里真话不多，可最近小区里养狗的确闹出不少事，于是答应调查调查再说。“九句半”见康主任答应得这么不爽快，就嚷嚷着说康主任包庇，然后气冲冲地摔门而去。

半夜里万籁俱寂，一个黑影悄悄地来到居民区中央的小花园，只见他隐在树丛中两腿一弓脖子一伸，从喉咙里憋出一声凄厉的吠叫：“呜嗷——”

一石激起千层浪，各家的狗被这叫声惊扰了，本能地拼命跟着叫起来，一会儿工夫，“呜嗷——”“汪汪汪……”从四面八方汇成了一股此起彼伏的声浪，席卷了整个居民区。

人们从梦里惊醒，养狗的人家急忙呵斥，想让自己的狗不要再叫了，没养狗的人家愤怒地指责，一时间小区住户的灯亮成一片。

居委会康主任也从被窝里惊跳起来，满耳都是那种狗挨宰似的长吠，再听外面更是热闹，他的第一反应是来了贼，慌忙套上衣服跑了出去。

许多居民也跑了出来，有的还提着棍棒，你问我我问你地互相打听，最后还是存车处值夜班的胖大爷说，嗥叫声好像是从树丛里开始的，他出来的时候只见一条黑影一闪就不见了。

话刚落音，“九句半”在人堆里一拍大腿叫道：“准是牛大爷家的斗牛犬！那家伙恐怕是只疯狗，让它咬了没准就要得狂犬病！康主任，您再不打掉这只狗，弄不好要出人命啦！”

被“九句半”这么一说，居民们都有些慌张，往四周看着，生怕突然从黑处蹿出一只疯狗咬伤了自己，有些人还顺着“九句半”的话说让康主任为民除害。

康主任有些拿不定主意，心想着：若是贼就该悄悄去偷东西，招惹狗叫干吗，那不是难为自己吗？难道真是狗疯了？不管怎么说，大半夜的，狗叫成这样，总是严重扰民，出了疯狗自己责任就更大了。他说了一些安抚的话，让大伙自己小心一点，先回去睡觉，并且答应第二天一早就要求派出所协同打狗队紧急出动。大伙听到康主任这么说，才各自散去。

第二天一早，警察带着打狗队准备出发了。

这件事情牛二一点都不知道，昨晚上集体狗叫时，他正跟朋友在外面潇洒呢，今天本打算睡个懒觉，可一早斗牛犬就呜呜地叫，他知道它是憋不住屎了，忙起来拴上链子带它来到小花园。斗牛犬直奔草坪，转到了一棵大树背后。等斗牛犬重新跑过来的时候，牛二笑道："施肥了！"斗牛犬棍子似的短尾巴晃了几下，拖着牛二撒起欢来。就在这时，一辆面包车停在了草坪旁边，车里钻出几个汉子，手里拿着打狗的工具。打狗队的人显然很有经验，散开队形向斗牛犬包抄过来。没等牛二反应，斗牛犬已发现风头不对，猛地一拽链子拖着牛二就跑。一个汉子冲过来端起手里的网去兜，斗牛犬勇往直前，忽地跳起一人多高迎面扑去，那汉子吓得一缩脖子，斗牛犬从他肩上"嗖"地掠过，牵着牛二飞一样向家跑去。

牛二进屋就锁上了门，警察赶来在外面又喊又敲，牛二并不惊慌，点上支烟倚在沙发上只当没听见，任他们在外面磨嘴皮子。

一个汉子急了，抬脚就要踹门，警察慌忙拉住，他知道强行闯入私人住宅是违法的，可为了抓狗又开不来搜查证，只好继续敲着门劝告。僵持了好半天，隔壁上夜班的大哥急了，光着脚跑出来大吼："你们还有完没完？光说他养狗扰民，我看你们才是扰民！"

为首的警察没辙了，摇摇头下令："收队！"

本想靠突袭把斗牛犬给抓了，现在看来行不通，康主任只好亲自出马了。

牛二当然不会轻易开门，从猫眼里看清了康主任身后没有埋伏才放他进来，虽有牛二挡在前面，虎视眈眈的斗牛犬还是把康主任盯得直发毛，只好站在门边说："这疯狗可养不得呀，万一咬了人……"

"谁说它是疯狗？"牛二火了。

康主任说："不疯怎么咬人？"

牛二叫道："狗急跳墙，兔子急了还咬人呐！"牛二刚要发脾气却又忽然有了主意，他要用事实向康主任说明，斗牛犬一点也不疯。于是，牛二回头拍拍斗牛犬的脑袋，说："斗斗，欢迎来宾！"

斗牛犬立刻用两条后腿直立起来，一跳一跳地来到康主任面前。牛二又命令道："握手！"斗牛犬伸出一只爪子塞进康主任手里。牛二得意地说："换一只！"斗牛犬缩回爪子，又把另一只塞给康主任。

牛二瞥了眼手足无措的康主任，吹了声口哨："扭秧歌！"然后自己扯着大喇叭嗓子就唱起来："索拉索拉多拉多……"让康主任吃惊的是，那斗牛犬果然随着歌声左摇右晃地扭起秧歌来，围着他俩一曲舞罢，牛二得意地对目瞪口呆的康主任说："你见过这样的疯狗吗？"

的确是没见过，康主任倒有些喜欢起这只狗来了，他大着胆子拍拍斗牛犬，斗牛犬友善地回舔了他一舌头。康主任这才松了一口气，抬起头对牛二说："不是疯狗最好，你真喜欢它就该去办个证。"牛二一听办证，又摇头又摆手，接着就说："要说办证也行啊，俗话说上梁不正下梁歪，你们党员干部就带个头吧！"

康主任一听这话就被噎住了，他知道小区里养狗办证的人不多，不办证的里面也有些党员干部。牛二逮了理："只要干部带了头，我牛二不办证就是狗养的！"

万事驳不过理去，康主任只得讪讪地告辞撤退。

回到居委会，几个居委会委员正吵得热闹，见康主任回来，忙问战果如何，康主任没好气地说："能有战果吗？我让人家给问住了，说说吧，咱党员干部养狗的问题怎么办？"

大家都把眼光对准了退休干部老冯，老冯脸红了，结结巴巴地嘟囔："这个嘛……这个嘛……"康主任说："这个有啥为难的，你又不是没钱，办个证不就行了嘛！"

"办证？"老冯也很有理似地说："养宠物的人多了，兔呀鸟呀猫呀算不算动物？凭什么偏养狗要办证？这就不公平！"

也养着狗的一个大娘听得点头如捣蒜。老冯见有人支持，越发慷慨激昂："我们为国家干了一辈子了，儿女们都有工作有孩子，能常回家看看吗？老了养只狗解闷儿做伴儿，怎么还要交钱？中国就要进入老年社会了，我们不给孩子增加负担就是贡献社会，就是为国家解除后顾之忧！"

家里有个傻儿子的王大嫂不爱听了："那也不能扰民，不能破坏环境！你没听过半夜狗叫？再说那天我带儿子在草坪玩，一眼没看好，就弄了一身的狗屎，光顾你们做伴儿解闷儿，替别人想过吗？"

公说公有理，婆说婆有理，光在居委会，就吵得一塌糊涂。康主任头疼极了，真不知道这事该怎么解决，于是拍着桌子大叫："散会散会！"

夜偷袭恶狗争锋

康主任为狗头疼，"九句半"也正为狗伤脑筋，他半夜学狗叫原是想闹大事情借刀杀狗，治一治牛二，可谁知打狗队没办法，康主任也没办法，看来只好自己亲自动手了。"九句半"就要赌这口气，灭掉斗牛犬！

知己知彼百战不殆，“九句半”决定先去侦察，他曾去过牛大爷家，知道斗牛犬就住在二楼的封闭阳台里。“九句半”闲逛过去仰头看看阳台，阳台不但没装防盗栏，还有一扇窗子总是打开的，再看看阳台下面是一楼那家的葡萄架，架杆子也还结实，看起来条件不错。

这时，“九句半”听到牛二又在“索拉索拉”地唱着叫斗牛犬扭秧歌，乐得牛大爷哈哈大笑，“九句半”气得咬牙切齿，心中暗想：等着乐极生悲吧，准教你们爷儿俩哭得像死了爹！

“九句半”又去买了块酱牛肉，找出家里存的毒鼠强夹进去。半夜里，他扒着窗子看看外面，几座楼里都熄了灯，小区的路上昏暗暗的也没有人迹，便套上衣服下了楼，溜边贴墙地潜到牛二家阳台下面。

他知道狗的耳朵极灵，先站稳了听听上面没有动静，这才摸摸怀里的酱牛肉，小心翼翼地攀着葡萄架往上爬，轻轻地爬到了架子顶上。阳台的窗子已伸手可及，他掏出酱牛肉正待往里抛，一抬眼，窗口出现了一只硕大的狗头，正悄无声息目光炯炯地死盯着他。

咬人的狗不叫唤呐！“九句半”的两腿簌簌抖起来，他知道现在已是进退维谷，行动稍有不慎被它逮上一口，赔了夫人又折兵！

他强自镇定下来，拼命挤出一脸笑容，举起酱牛肉给斗牛犬看，斗牛犬抽抽鼻子一动没动，“九句半”胆子大了些，抖抖索索地把肉递了上去，牛肉刚及嘴边，斗牛犬突然“嗖”地一蹿跃出窗口，直向九句半咽喉扑来。

幸好“九句半”已有防备，急忙曲臂一挡，“砰”地被撞了个仰面朝天，砸得葡萄架轰然倒塌，连人带狗一起摔了下去。

这声音简直震耳欲聋，吓得“九句半”心胆俱裂，翻身爬起便跑，斗牛犬纵身一扑却被扯了回去，原来是被葡萄藤缠住了。“九句半”得了命，又听见楼里喊声顿起，只恨爹娘少给生了两条腿，尥着蹶子飞跑，刚拐上小路，就听身后呼哧声急促，回头一看，斗牛犬已箭一般扑来，慌忙中转身一脚踢去，不想正好把脚送进了斗牛犬嘴里，他隔着鞋就觉一阵剧痛，拼命一拽甩脱了鞋，光着脚丫子抱头鼠蹿，斗牛犬只顾撕咬那只鞋，放得“九句半”逃之夭夭。

等牛二和邻居们跑出来，只看到了倒塌的葡萄架，大家正在乱纷纷地分析原因，斗牛犬叼了只稀烂的鞋回来报功，牛二一看便来了精神，拎起破鞋转着圈儿叫：“看看看看！还说不让养狗？没有狗行吗？”他一眼看到康主任，差点儿把破鞋举到他鼻子上：“看看看看！我家的斗斗会抓贼！”

康主任拨开破鞋，仔细看看现场倒像是有贼要跳窗而入，可他听说贼们盗窃前照例要踩点儿，再说谁都知道牛家并不富裕又养着恶狗，他们干嘛偏要来挨咬呢？再想想从牛大爷挨咬后连续发生的怪事儿，康主任更觉蹊跷，一把从牛二手上夺下破鞋，准备第二天再去派出所。

最狼狈还是“九句半”，幸好那双鞋结实才挡住了斗牛犬的利齿，不过脚丫子还被夹得肿了起来，脚丫子肿了还能消肿，自己搞到点儿钱不容易，两颗牙一双鞋的损失找谁去要？

“九句半”憋着火，心想着一定不能就这么着算了。

早晨起来，“九句半”忍住脚疼，像往常那样地出了门，路过牛二家的时候，看到楼下那家人正在收拾葡萄架，人们也各自忙着自己的事情，看来昨夜的事并没引起轰动，他装作没事儿似的，晃着膀子直奔狗市。

狗贩子们还都记得“九句半”，纷纷问他是不是找牙来了，“九句半”没理他们，在一个长相厚道的老贩子跟前蹲下来，提出要买一只好斗凶狠的大狼狗，老贩子见来了生意，眉开眼笑地满口应承。

“九句半”随着老贩子来到胡同里的一个小屋，推开门就见链子上拴了只牛犊子似的大狼狗，那狗见了生人也不叫唤，红着眼作势要扑上来。老贩子炫耀道：“看见了吧？纯种德国青背，你是要拿去斗狗吧？包你百战百胜！”随后开价一千元。

“九句半”当然不肯，两人争论了一阵，终于五百元成交。“九句半”咬牙大吐血，把老本儿全搭进去了。

老贩子拿来几块骨头，教导“九句半”训练大狼狗的要领，“九句半”掌握了诀窍，立刻就不厌其烦地反复演练起来。

他练好了也没回家，怕被别人看见，“九句半”知道饭后便是遛狗的时候，而这时路灯还没亮，花园里更是昏暗朦胧，他便趁着人们都在吃饭，路上无人的时机，牵着大狼狗溜进小花园，潜伏在树丛里，耐心地等着目标出现。

果然不到半个小时，牛大爷牵着斗牛犬出现了，待他们走上花园小径，“九句半”兴奋地拍拍大狼狗，指指斗牛犬对着它的耳朵“咄”了一声，大狼狗“嗖”地一跃而起，箭一般直扑上去。

斗牛犬反应极快，瞬间转身迎头跃起，两只狗在空中“砰”地相撞，各自摔了几个滚儿，把牛大爷也拽了个大马趴，没等他爬起来，两只狗已经疯狂地撕咬成了一团。

大狼狗身高体重，几个回合就把斗牛犬压在下面，斗牛犬挣脱不出来，任它在背上连咬几口。大狼狗要乘胜结束战斗，一嘴把斗牛犬拱翻，寻找咽喉，就在它一低头的时候，斗牛犬快如闪电，一个翻身反咬住了它的咽喉，大狼狗“嗷”地一声嚎叫，立起来拼命乱甩，斗牛犬被它甩得腾了空，摔在地下“嘭嘭”直响，可就是狠狠咬住死不松口，几番折腾下来，大狼狗呼吸越来越困难．渐渐有些支撑不住了。

牛大爷急得直跳脚，遛狗的人们纷纷跑来，可面对这一对红了眼的狗，大伙只会跟着吆喝，谁也不敢上前。

其实最急的还是“九句半”，直到人们围上来，才敢装作看热闹，捡了块砖头冲上前去。但为时已晚，大狼狗终于被斗牛犬拖倒，浑身一阵抽搐，四爪一蹬，一命呜呼。

斗牛犬松开了嘴，汪汪跳着欢呼胜利，牛大爷这才镇定下来，挺有经验地上前看看大狼狗龇着的獠牙，“嗨”了声笑道：“牙都磨秃了，按人的年纪比我都老。”围观的人们也跟着笑起来。

“九句半”这才知道上了老贩子的当，五百元买了只不中用的老狗！

难防范贼心不死

又是一场狗祸！

闻讯赶来的康主任看了看咽喉破碎的大狼狗，赶忙打听事发的原由。可大家只是或早或晚地看了场精彩的斗狗，谁也不知道大狼狗的由来，牛大爷揉着磕破的膝盖说：“据我的经验，这条狗是经过训练的，狼狗最通人性，没人唆使决不会胡咬乱咬，可惜它老了，否则斗牛犬真不是它的对手。”

康主任问：“那是谁唆使的呢？”牛大爷想了想说：“也许就是昨天晚上挨咬的贼吧？”康主任觉得有理，盗窃不成反挨咬肯定记仇，不怕贼偷就怕贼惦记，如果真是这样，居民区可就不得安宁了。

回到居委会，康主任马上召集委员开会，他先讲了自己对这几件怪事的看法，又重申了市政府关于居民养狗的规定，要求党员干部必须带头，不能任狗祸愈演愈烈。

这一次，养狗的老冯再不说自己的那番道理了，带头表示马上办证，还提出建议要划定遛狗的范围，狗主人必须负责清除狗粪，居委会组织巡逻队实行昼夜监督，一是防盗二是禁止无证狗外出。

老冯的建议被大家一致通过，决定分组动员养狗户办证，对组织巡逻队大家也都赞成，可光靠些老头儿老太太不行，还要动员些年轻力壮的小伙子志愿参加，决议形成，大家便马上开始分头工作。

康主任第一站到了牛大爷家。牛大爷正在午睡，头就枕着斗牛犬的肚皮，康主任一敲门，斗牛犬嗖地跳起来，差点把牛大爷闪下床去。

斗牛犬还认得康主任．老朋友见面照例握手，康主任握着它的爪子笑道："扭秧歌！"牛大爷唱起来："索拉索拉多拉多……"

一曲舞罢，康主任拍拍手说："扭得好！真该让大家都看看，也是挺好的娱乐嘛。"牛大爷摇摇头："没证不敢出去呀。"康主任拍拍斗牛犬："是呀，被抓走就太可惜了，咱们党干部和好多居民的狗都办了证，过几天还要举行小狗技能表演赛，咱斗斗去参加，准拿第一。"

牛大爷一听就急了："你怎么不早说！现在办证还来得及吗？"康主任赶紧答应："来得及来得及，后天才开始报名呐。"

牛大爷当场打电话给牛二，让他回来带斗斗去办证！

康主任凯旋归来，又琢磨起组织巡逻队的事，他一下子想到了"九句半"，这小子虽然游手好闲倒没发现劣迹，动员他参加些公益活动也好进行帮助教育，想好了说辞，康主任决定吃过饭就去找他。

"九句半"此时正跟老贩子算账，厚颜无耻的老贩子振振有辞："我早就听说你叫'九句半'，挨了骗也是一报还一报，再说咱们一手钱一手货，当面看好愿打愿挨，你买狗还想'三包'哇？"旁边的狗贩子们随声附和，反倒指责"九句半"不懂规矩，一个粗壮的狗贩子挽起袖子："又想吃泰森拳了吗？"

眼见难讨公道，“九句半”气鼓鼓地回到家里，全身都在复仇的烈火中燃烧，一次次吃亏上当已经使他欲罢不能无法后退了，他就不信斗不过一只狗!

正在气头上，听到外面有人敲门，开门一看是康主任。“九句半”慌忙张罗着敬烟倒茶，康主任也没跟他客气，喝着茶讲了请他参加巡逻队的事。

“九句半”向来主张爹死娘嫁人——各人顾各人，才不会干这种讲奉献的傻事儿，正要一口回绝，忽然灵机一动，点点头痛快地答应下来。

康主任挺意外，赶紧声明：“参加巡逻没有报酬还要遵守纪律，说不定还会遇到风险，年轻人可不能临阵退缩！”

“九句半”把胸脯子拍得砰砰响：“我会退缩？我打小就跟一个老和尚学过武功，少林拳武当剑十八般兵器……”

康主任来个激将法：“行不行看行动，可别家雀儿下鸡蛋——硬充大屁眼儿！”

“大屁眼儿？”“九句半”跳起来，“不信我给你练一套看看！”说着一矬身使了个扫堂腿，不想一腿扫在了柜子上，“咕咚”摔了个屁股墩儿，康主任忙伸手拽住：“好好，我信我信，咱就这样定了，别忘了晚上十点到居委会集合！”

投毒饵殃及无辜

送走康主任，“九句半”直庆幸自己运气好，康主任送来了美差，这下免得自己半夜出去冒险了。看看到了晚饭时候，“九句半”兴冲冲地买来二斤酱牛肉，拣整齐的切成核桃大的块儿，把家里的毒鼠药统统夹了进去。准备工作完成，洗干净手，就着剩下的碎牛肉，他得意地喝起酒来。

吃着肉喝着酒看着电视里的神雕侠侣入了迷，嘴里正“嗨嗨”地替侠侣使劲儿，康主任一头闯了进来：“你小子看看几点了？怎么头一天就掉链子！”

“九句半”吓了一跳，慌忙挡住桌上的牛肉块儿，连声答应：“就来就来，您先走一步，我穿件衣服就到！”

康主任气哼哼地走了，“九句半”忙把牛肉包起来揣进怀里，披件衣服追了出去。

巡逻开始了，“九句半”雄赳赳地提着根棒子和康主任走在前面，后面跟着两个大娘，一圈一圈地在居民区里巡逻起来。头半夜“九句半”精神儿还挺足，到了下半夜就像霜打的茄子——蔫了，拖拖拉拉地掉了队。起先康主任还招呼他跟上，后来索性不理他，由他跟在后面当尾巴。

到了黎明时分，居民区里渐渐有了人声，康主任吩咐解散，“九句半”打着哈欠抢先往家跑。

又累又困的康主任没敢睡觉，草草吃了点儿东西就出了门，他要去划定小狗活动的区域，现在党员干部牛大爷都带了头，也正好趁热打铁动员养狗户办证。

早饭过后，晨练的人们散去，遛狗的人们出动，各种各样的小狗们跟着主人在草坪里撒欢儿，王大嫂也来到了花园，让傻儿子在草坪里跑跑，自己坐在石凳上看报纸。

祥和的景象转瞬即逝，第一个遭殃的是只叭儿狗，它跑着跑着突然一声哀叫倒在地上，口鼻冒血地打了个滚儿死了，紧接着发生了一连串反应，一只只小狗照搬重演，只不过有的滚儿打得多些叫得更惨些。

混乱中牛大爷的斗牛犬声势最大，突然“嗷”地蹦起一人多高，把毫无防备的牛大爷拽了个倒栽葱，脑袋“砰”地磕在卵石路上，只觉得触电似的一阵酥麻，半边身子顿时没了知觉，斗牛犬还在拼命地蹦着，只是越蹦越低了……

狗主人们从惊悸中醒来，拖着死狗“儿呀肉呀”有的哭有的叫，正看报的王大嫂吓了一跳，才要丢下报纸跑过去，傻儿子也在草坪里“哇哇”叫着打起滚儿来，她扭头看见儿子口鼻出血，扑上去撕心裂肺地尖叫：“救命啊！出人命啦……”

正在花园一角划线的康主任听见人喊狗嚎，跑过去一看也吓软了腿，立刻打电话报了警，不大工夫，警车急救车接踵而至，抬上牛大爷和傻儿子飞奔医院，康主任忙着维持秩序，警察们开始询问目击者勘察现场。

几个穿白大褂的警察伏在草坪里搜寻，不时闪起一道道灯光。康主任和所有目击者都被请到居委会分头作调查，别人做完笔录就走了，只有康主任一直陪到了太阳落山。

结果终于出来了，傻儿子和死狗的胃中都检出了毒鼠强，在现场找到的几块酱牛肉里也检出了毒鼠强，结论是有人投毒！

再大的案子也难不住刑警，投毒要有动机，作案要有时间，破案首先要从这两点查起。破案组赵组长打开牛肉闻闻还挺新鲜，决定再派出一个组去调查酱牛肉的来源。

正在协助调查的康主任看见牛肉心里一动，立刻想起昨天喊“九句半”巡逻时，在他家桌上看到的那堆牛肉块儿，随即又想起巡逻到下半夜时，他在后边磨磨蹭蹭着实可疑，再加上挨过牛二的上勾拳，动机时间可不都有了！

康主任把自己的怀疑告诉了赵组长，赵组长马上来了兴趣："有门儿有门儿！你再讲详细点儿！"

大家听了康主任的介绍，正在研究他们昨夜巡逻的路线时，调查组回来了，附近酱货店的老板作证：昨天"九句半"确实买了二斤酱牛肉。

经过综合分析，"九句半"被列为重要嫌疑人。

难定论狗祸人祸

再说康主任在花园里画线时，"九句半"也没睡觉，他家的窗子正对着小花园，这样的好戏岂可不看？

预料中的好戏终于开场了，小狗们接连中毒，当看到吃了肉的斗牛犬疯狂跳跃时，乐得"九句半"也跟着跳起来，真是功夫不负有心人呐！

接着看下去，"九句半"再也乐不起来了，胜利的喜悦变成了恐惧，呼天抢地的王大嫂和满园子的警察告诉他，事儿闹大了！他强拖着发软的腿出去打听了一圈儿，回来就像抽了筋似地瘫在了床上。

"九句半"在电视里看过不少为鸡毛蒜皮闹出人命的案例，当时还笑他们弱智，自己倒好，鬼迷心窍地步了后尘，聪明大劲儿了！

事到如今后悔也没用，还是想想何去何从。逃跑吧？抓住了罪加一等；自首吧？从轻也要把牢底坐穿；蒙混过关吗？先要想想自己有什么破绽。

正在前思后想，牛二来了，"九句半"知道他的厉害，躲得过初一躲不过十五，最好的办法就是跟他装蒜，反正也没给他抓住手腕子，四肢发达头脑简单的家伙应该好对付，干脆硬着头皮开了门。

牛二横着膀子进了门，死盯着“九句半”那皮笑肉不笑的丑脸一言不发，他在接到噩耗赶回家的路上就没闲着，过去发生的事一件件在脑子里重演，凭直觉就断定只有“九句半”才能干出这种缺德带冒烟儿的事，现在老爸瘫在医院，心爱的斗斗一命呜呼，管他公安局怎么处理，先狠揍这王八蛋一顿出出气。

手随心动，牛二“砰”地一拳，把猝不及防的“九句半”打得腾空飞到了床上，没等他叫出声来又揪住衣领拎起，往小腹上打一拳，疼得他弯下腰，又往后颈上砍了一掌，才攻了他个狗吃屎，“九句半”趴在地上，想叫也叫不出来了。

牛二一脚踏住“九句半”说：“想死就别坦白！”

“九句半”哇地吐出两颗带血的假牙：“我坦白我坦白……”接着呜呜噜噜地从头说起。

没等“九句半”交代完，牛二已经气得发昏，他再一次拎起“九句半”，一拳把他打得撞到墙上，弹过来又一拳打回去，左右开弓地练起了拳击。他按教练讲的要领，眼里看到的只是只肉沙袋……打倒了拎起来，拎起来又打倒，等康主任带着警察冲进来，“九句半”已经被彻底打瘫了。

两个警察冲上去抓住牛二，赵组长在满脸是血的“九句半”颈下摸了摸，命令警察：“快叫急救车！”回头指着牛二喝道：“把他给我铐起来！”

牛二挣扎着大叫：“我给你们破案了，这小子是投毒犯！”赵组长指指半死不活的“九句半”说：“他是投毒犯你是什么犯？”牛二才觉得事情不妙，自己可别成了杀人犯啊！

警察在屋里搜出了一只坏鞋，和上次那个作为证据的鞋正好配对，还发现了毒鼠强的包装袋，牛二一五一十地讲了“九句半”交代的投毒过程。根据现有的证据就可以基本定案了，但大家的心情都很沉重，谁也没想到会是这么个结果。

不久传来消息，牛大爷中风瘫痪了，王大嫂的傻儿子还在抢救，生死难卜，“九句半”虽然没有生命危险，但全身多处骨折，判了刑也只好把病床当监狱，而牛二为泄私愤致人重伤，也算得上是故意伤人。

出了这样的灾祸，康主任觉得自己该引咎辞职，可这场祸从何而起呢？是狗祸？是人祸？他觉得应该搞搞明白。

（柴兴志）

（题图：王申生）

制造外商

招标外商

坞山县北靠大坞山，南临濯玉河，是个经济落后的偏远山区小县。

可隔河相望的邻省天马市却是另一番景象，招商工作搞得热火朝天，城市就像个发酵的面团不断膨胀。

坞山县的头头脑脑们望着天马市，就动起心思，决定也把招商工作好好搞一搞。

于是，坞山县领导班子，带领各部委、各科局以及各乡镇的头头脑脑们，大车小车几十辆，前往天马市考察。从天马一回来，县里立马召开全县三级干部会，会上向各科局和各乡镇分派了招商任务和指标。

文化局的招商指标是五百万。文化局局长叫詹四斤，望着这五百万指标，他搔起了头皮。

詹四斤，生着个五短身材，走起路来往上一冲一拱的，很活络的样子。他虽然没什么大能耐，但对当官还是很向往的。

他中专一毕业，就当了干部。从组长一直做到乡长。在乡下干了十多年，就要求回城。要求回城的干部多，僧多粥少，不好安排。好的科局去不了，就来到了文化局。

詹四斤走马上任不到一个月，就遇到县里掀起的招商热潮，并下了招商指标。眼看其他局的招商工作都已行动起来，一会儿听说这个局招来了开兽药厂的，一会儿又传来那个局招来个开洗脚城的，詹四斤那个急啊。

特别是听说去年和他一起从乡里调回城，到铁路办当主任的巴公楚这小子，竟也从温州招了个开卡拉 OK 的，詹四斤觉得心里特不舒服。

说到这个巴公楚，和詹四斤可是死对头，他们曾是同一个乡的同事，前些年，两人为争乡长的位置，一直明争暗斗。后来詹四斤当了乡长，巴公楚便和他闹别扭，处处较劲作对。

去年他们又一起调回城，詹四斤到了文化局，巴公楚调到铁路办。文化局虽然穷，但兵多将广，年轻姑娘一大群。

巴公楚调到铁路办当主任，虽说升了半级，可铁路办是个挂名单位，出门连辆车都没有，只有一枚公章一个“兵”，那女“兵”虽然眉目清秀，却长了一个蒜头鼻。但这回招商，巴公楚竟跑到了自己前头，詹四斤听了，哪能舒坦？

面对县里下达的招商指标，詹四斤急得抓耳挠腮。任务完不成可不行，县里下了死命令，年底工作总结，完不成招商任务的，一票否决，财政拨款减半。

詹四斤别的都不怕，就怕财政拨款减半这条。文化局各单位工资本来就到不了位，倘若财政拨款减半，那这个局长怎么当?

就在詹四斤急得团团转时，戏工室主任胡通走了过来。这胡通原来是剧团唱丑角的,脑子活络,点子多。詹四斤到文化局虽说还不到一个月，但胡通私下里和局长早就喝了几次酒，成了好朋友。

胡通对詹四斤说："詹局，别急，咱要招就招个货真价实的外商。"

詹四斤鼻孔一拱，说："内商都招不来，还外商? 做你的大头梦吧! "

胡通神秘地把嘴巴凑近詹四斤，一阵叽咕，詹四斤听着听着，紧皱的眉头舒展了，脸上就变成了个笑菩萨。

几天后，坞山县爆出了大新闻，说是文化局招来了一个真正的外商，叫乌尔马，是一个阿拉伯国家的大富翁，资产有几十个亿，不是人民币，是美元。

县里的头头一听这消息，就问詹四斤，此事是真是假?

詹四斤说："千真万确! 过几天，外商乌尔马就要来坞山实地考查。项目嘛，炼油厂! "

县里的头头说："好! 好! 咱这坞山地面儿也不小，濯玉河水深，叫他们把炼油厂建得大大的，好好炼! "

外商失踪

建炼油厂的外商说来还真的来了。

这天，詹四斤安排全局所有人员去迎接外商，各单位拉起横幅，打着彩旗，剧团的演员们化了妆，打着腰鼓，扭起了秧歌舞。

詹四斤还叫胡通到县实验小学，弄来了鼓号队。小学生们鼓着腮帮子，把那队号吹得震天响，鼓手把大鼓小鼓敲得地动山摇。市民们听见鼓号声，都涌到街头来看热闹。

不一会儿，一辆小车从省城方向开了过来。小车一停下，从里面走出一个身材很高的阿拉伯人，那人头上包着阿拉伯格子方巾，身上穿着阿拉伯长袍，罗圈胡子爬了个满脸满腮。

阿拉伯人在一位小姐的陪同下下了车，胡通扛着台摄像机前后奔跑。詹四斤紧挨着阿拉伯人，向县里的头头介绍道："这就是乌尔马先生！"

巴公楚听到消息，也匆匆赶来，夹在看热闹的人群中看外商，他见乌尔马非常年轻，就既眼红又疑惑。他凑到县里头头身边，小声嘀咕："乌尔马先生这么年轻，资产有几十个亿？还美元？"

县里头头一听，忙把詹四斤拉到一旁，小声问："乌尔马先生这么年轻，该不会是……"

詹四斤耸耸肩，说："外国人不比中国人，大老板一般都很年轻。"他顿了顿又说，"乌尔马先生是总经理，董事长是他老爸！"

"呵——"头头长长地吁了口气，放心了，指示詹四斤，"要用最高规格好好招待外商，一定要不惜一切代价，拿下合同。"

詹四斤设宴招待乌尔马，县里的头头都来作陪。然后，在县城最高档的宾馆"翠云楼"订下一个大套间，让乌尔马住了下来。

第二天，乌尔马当着县里头头的面对詹四斤说，他想先到全县看看，然后再看看濯玉河。还叫詹四斤把濯玉河的水文资料拿来，他要好好研究研究。

詹四斤见昨天一天的吃喝住宿招待，就花了五千多块，现在又要他拿濯玉河的水文资料，心想：这外国人名堂多，真难弄！

胡通一见头儿的脸色，连忙扯了扯他的衣角，小声说："詹局，就按他说的办。"

詹四斤跺了一下脚，没吭声。

县里的头头听说乌尔马要到处看看，就知道来的外商货真价实，高兴得直咧嘴，忙说："好的！好的！就叫詹局长陪你到处看看！"

县里的头头发了话，詹四斤只得叫胡通借了辆桑塔纳，带着乌尔马在全县跑了一圈之后，又绕着濯玉河看了好几个来回。

当乌尔马望着那清粼粼的河水时，竟兴奋得哇哇大叫，和陪他一起来的姑娘又说又笑。胡通扛着摄像机，跟在乌尔马身后，屁颠屁颠地来回跑，忙得满头大汗。

晚上，乌尔马研究了一夜濯玉河的水文资料。第三天一大早，乌尔马一个人跑到河边来回晃了好几趟。吃过早饭，又找詹四斤要车，说是要再去一次大坞山。

詹四斤听说又要去大坞山，心想：这大坞山满山的烂石头，树没一棵，就连茅草也比癞痢头上的毛多不了几根，有啥看头？便支支吾吾地好半天没开腔。

乌尔马见詹四斤不吭声，忙用夹生的汉语说："詹局长，我真的很想再去看看大坞山，请您方便方便！"说着，把手往胸前一放，头一低，向詹四斤行了个阿拉伯礼。

詹四斤只得把手一挥，让司机把局里的破吉普开了出来。

乌尔马倒也不计较，连司机也不要，自己开着车，一颠一颠地，和那姑娘高高兴兴地上了路。

在大坞山上转了一整天，到太阳快落山时，乌尔马才恋恋不舍地下了山。下山时，他像捧着宝贝似的，怀里还抱着一大堆山上的石灰石，回到宾馆。

乌尔马走后，詹四斤怔了好半天。一想起乌尔马那兴奋的样子，就觉得胸口憋闷，便走到窗前，“哐”地打开窗户，朝着外面吐了一口气：真是的，划不来!

詹四斤掏出手机，刚要给胡通打电话，却见胡通气喘吁吁地跑来说：“詹局，不好了!外商……外商不……不见了!”

招商费心

外商咋会不见了呢?这话还要从头说起。

原来，那个一直陪着乌尔马的姑娘叫詹含辛，是詹四斤的女儿，在省城南华大学读大三。

当胡通见詹四斤为五百万招商指标发愁时，他忽然想到电视里正在重播一个叫作《明星制造》的电视剧。头脑活络的胡通，便想起了詹含辛，想起了南华大学。

他想南华大学是全国知名的大学，知名大学肯定有留学生。外商是外国人，这留学生不也是外国人吗?明星可以制造，外商为什么就不可以制造?我们先制造出一个外商，在县里头头们面前显摆显摆，然后想个法儿把他弄走，到时完不成招商任务，总不能怪文化局无能，将财政拨款减半吧?

胡通把自己的想法同詹四斤一讲，詹四斤当时就笑眯了眼。

第二天，詹四斤就带上胡通，驱车上了省城。头天晚上，詹四斤老婆听说他要上省城，还特意嘱咐他：“你这次到省城，一定要去看看小辛，这死丫头好像谈了男朋友，还是个外国人。如果真是外国人，看我不打死她！”

詹四斤听了心想：外国人有啥不好？我现在正愁找不到外国人呢！

詹四斤和胡通来到南华大学，兜里揣着胡通临时编的“剧本”，一进门，只见女儿手上拿着讲义夹子，和一个外国男孩走出教室。那外国男孩是个阿拉伯人。

一见阿拉伯人，詹四斤不由想起了老婆的话：莫非女儿的男朋友就是这阿拉伯男孩？

见詹四斤绷着脸，胡通就猜到头儿不喜欢这阿拉伯男孩。胡通觉得“制造外商”这事儿得指望小辛这丫头，不能让父女俩闹僵，于是，他一扯詹四斤，小声说：“詹局，这阿拉伯好哇，出石油呢！”

詹四斤“咕噜”一声咽口唾沫，忍着气，朝女儿走了过去……

詹四斤见了女儿，就按和胡通事先商量好的口径，把此行的目的说了。詹含辛听说是请乌尔马到坞山去扮外商，拍电视剧，觉得挺好玩，但她对乌尔马能不能演好外商，没把握。

乌尔马几斤几两，她心中有数。这乌尔马平日节省得很，两人去回咖啡馆，还实行AA制。逢到节假日，乌尔马就去当家教，靠打工维持学业。

偏偏詹含辛是个浪漫的女孩儿，就是对乌尔马着迷，一见乌尔马那身阿拉伯长袍，和满脸的阿拉伯罗圈胡子就“犯晕”。

乌尔马爱詹含辛也是爱得一塌糊涂，觉得这女孩儿很特别。他早就听詹含辛说过她的家乡，那儿山美水美，还有那高高的大坞山和清清的濯玉河，心中早已神往。

现在一听说要去她的家乡扮外商，乌尔马开心得差点跳起来。他从胡通手中接过“剧本”就认真看起来，一等学校放假，就和詹含辛来到了坞山。

把乌尔马安顿好的当晚，詹四斤就和胡通商量好了，等到乌尔马演完外商戏后，就想办法把他弄走。

谁知，胡通办法还没想出来，乌尔马却不见了。

外商被拘

尽管詹四斤和胡通这两天一直在为弄走乌尔马挖空心思，可一旦发觉乌尔马不明不白不见了，不禁也慌了神。

詹四斤忙回家问女儿，女儿吃惊地望着他，急得一句话也说不上来。而胡通则满街到处找，商场超市、歌厅舞厅、桑拿会所，转了一个遍，也没看到乌尔马的影子。

胡通找了一夜也没找到乌尔马。天亮时当他拖着疲惫的脚步，刚走进詹四斤的办公室，桌上的电话突然“丁零零”地响了起来。

詹四斤一听，电话是派出所副所长侯五打来的，说乌尔马已被拘留，叫文化局派人去交罚款。詹四斤问交啥罚款？

侯五说：“你们招来的那外商嫖娼！”

啥？嫖娼？詹四斤简直不敢相信自已的耳朵，刚要开口细问，对方却把电话挂了。

詹四斤弄不明白，这到底是怎么一回事啊？

原来，昨天傍晚，侯五接到一个电话，说是有人在“翠云楼”宾馆嫖娼，并提供了房间门牌号码。

这个侯五原是街头一个混混儿，一次无意间他帮派出所抓住了一个逃犯立了功，给有关领导留下了好印象。第二年，侯五就通过关系进了派出所。他工作特卖力，每天挂着个警棍，在大街小巷到处走动。没几年，竟当上了副所长。

侯五在派出所感到"皇粮"不够吃，就自己去找。当他接完举报电话，心里乐开了花：哈哈！财运来了！于是就喜颠颠地直奔"翠云楼"。

再说乌尔马回到宾馆，刚在外间沙发上坐下，还没来得及喘口气，侯五就推门而入。

侯五一进门，抬眼一瞧，是个外商，不由一愣，但侯五这人就是胆儿大，管你外商不外商，你敢嫖娼，我就敢抓！

侯五在外间看了看，又一把推开卧室门，见床上躺着一个穿着睡衣的年轻女孩。那女孩一见警察推门而入，慌乱地把被子往身上一盖，钻进了被窝。

侯五走到乌尔马面前，"嘿嘿"一声冷笑："乌尔马先生，请随我到派出所走一趟！"

乌尔马跟在侯五身后往里一看，见床上突然多出一个女孩，大吃一惊，又见侯五要他到派出所去，便说："警官先生，我……我不认识她啊……"

可侯五哪容乌尔马分辩，强行将他带进了派出所。

抓回乌尔马一审，得知他竟是詹四斤从南华大学请来的留学生，侯五心里亮堂了：这詹四斤胆敢弄个假外商来糊弄县里头头们！

侯五顿时乐开了花：哈哈！爷们这个月正好缺钱花，现在天上掉下馅饼了！

这时，侯五正跷着二郎腿，坐在办公室里静等詹四斤送钱来。可等了半天，文化局也没来人。侯五又打电话催交罚款。

詹四斤瞪了胡通一眼，问：“多少钱？”

胡通伸出巴掌说：“一万五！”

詹四斤一听这数字，惊得浑身一颤：“怎么要罚这么多？一般罚款不是三千吗？”

侯五“扑哧”一笑：“中国嫖客罚三千，乌尔马可是进口嫖客，非得一万五！”

詹四斤气得朝胡通吼道：“都是你出的好主意！这一万五你自己想办法，局里没钱！”

胡通吓傻了：妈啊！我就是一年不吃不喝，也凑不齐一万五啊！

胡通急忙去找侯五。好说歹说，差点没给他磕头，侯五才答应私了。侯五接过胡通递过的五千块钱，也不开收据，揣进兜里，然后，放了乌尔马。

乌尔马从拘留室出来，但说什么也不肯离开派出所。他看过张艺谋的《秋菊打官司》，也要讨个说法。

乌尔马要说法，侯五脸就白了。

侯五抓过不少中国人，但没抓过外国人。中国人被抓，只有自认倒霉，乖乖掏钱了事，哪会要说法？

可对付外国人，侯五没经验。

侯五在屋子里团团转，一时没了主张，就冲着胡通吼。胡通听他一吼，就往文化局跑，找詹四斤讨主意。

詹四斤哪里拿得出什么主意，只好把胡通大骂一通。之后，就匆匆忙忙地往家里跑，去搬女儿詹含辛这个救兵。

詹含辛听说乌尔马被关进了派出所，吃惊地忙问詹四斤，这是为什么？

詹四斤哪敢说明事情的原委，只好随便编了个理由，然后就催着女儿赶去派出所。

见了詹含辛，乌尔马总算同意不要说法，出了派出所。第二天，乌尔马就和詹含辛登上了返回省城的汽车。

外商来信

望着阿拉伯人和女儿上了车，詹四斤松了一口气：外商我招来了，却是别人赶走的。尽管到现在他也没搞清楚究竟是谁瞎举报，错将乌尔马抓进了派出所。但那减半的财政拨款，总算是保住了。

詹四斤不禁在心里暗暗感谢那举报之人。但转念一想，他的心又提了起来：万一日后县里知道真相，可咋办？看来得想个万全之策才好。

果然，第二天，县里头头就问詹四斤，好不容易招了个外商，为什么没呆两天就走了？

詹四斤哪敢说出真情，只得支支吾吾地说："外商好像是嫌咱这地儿环境不好吧？"

头儿说："啥环境不好？咱这软环境、硬环境好得很呐，政策优惠着呢！要不，你再去找乌尔马先生谈谈？"

"好，再谈谈！再谈谈！"詹四斤答应着出了县委大院，抹了抹头上的虚汗，他哪还敢再去找乌尔马？

转眼就到了年底，县里招商总结，文化局倒数第一，得了个黄牌警告。幸亏有个乌尔马抵挡了一阵，县里财政预算时，才没减文化局拨款。

但到年关时，侯五拿了一大摞发票，要詹四斤报销。詹四斤一看，近万把块，心里一沉，但又没办法，把柄被人抓住了！

詹四斤气得手打颤，拿起笔签字，笔尖把发票给戳了个对心穿。

侯五一走，詹四斤想起胡通，觉得都怪这唱丑角的！刚好这时，胡通也进来找他签字。詹四斤把脸一绷，说："签啥字？"

胡通支支吾吾地说："前……前几个月，我帮外商交……交了五千块钱的罚款，你看……"

胡通话没说完，詹四斤就大吼起来："出了这么个馊主意，你还有脸找我报销？"

胡通碰了一鼻子的灰，只好转身退了出去。见胡通垂头丧气的样子，詹四斤心里又有些不忍："回来！"

胡通一回头，詹四斤说："先把发票放在这里。"然后便对胡通交代，要他把侯五的事好好处理一下，不能让这家伙像个牛虻似的，老叮着文化局这头牛背。

不知胡通是咋弄的，反正县里终于知道了外商之所以离开坞山，是因为侯五把他当嫖客，给抓进了派出所。县里头头很生气，把公安局长叫去训了一通，并说，此人要严肃处理。公安局长挨了训，窝了一肚子火，回来就把侯五的副所长给扒了。

等到寒假时，詹含辛回到了坞山，一进门，就交给詹四斤一封信。詹四斤问："谁写的？"

女儿说："你自己看吧。"

詹四斤打开信封，信是乌尔马写的，再一看，顿时目瞪口呆。为啥？

原来乌尔马是个真外商。乌尔马的父亲老乌尔马是个有眼光的商人，早就盯上了中国这个大市场，见儿子喜欢汉语，就把他送到中国留学，让他熟悉中国国情，为日后打入中国市场做好准备。

乌尔马来中国不久，就爱上了詹含辛。但乌尔马的父亲对他要求很严，除了基本生活费外，零花钱得让他自己挣。

所以詹含辛一直以为乌尔马是个穷光蛋，但她做梦也没想到乌尔马家族的资产，真的如同胡通瞎编的那样，有几十个亿，而且是美元。

上次来坞山，乌尔马当天就看出，詹四斤请他来，并不是在拍什么电视剧，但其动机究竟是啥，却搞不清楚，他也不想搞清楚。

但乌尔马对大坞山和濯玉河确实很感兴趣。他研究了濯玉河的水文资料，知道这濯玉河水位很深，直通长江黄金水道，可以建个深水良港。而大坞山上的石头，则是生产水泥的上等原料。

他经过几天调研，搜集了不少大坞山和濯玉河的资料，正准备回国一趟，向老乌尔马汇报，并想请父亲也来坞山实地考查一下，在坞山建个大型彩色水泥厂。

谁知，就在乌尔马准备在坞山大干一场的时候，侯五竟把他“请”进了派出所，这让乌尔马很伤心。要不是詹含辛出面，乌尔马定要打赢这场官司，讨个说法……

看到这里，詹四斤的肠子都悔青了，恨自己瞎了眼，竟把个已经引进门的亿万富翁，给硬生生地逼跑了。

詹四斤当天就想去省城，再次把乌尔马请回坞山来。

可女儿说：晚了，晚了！乌尔马早回国了。

鱼鳖争斗

再说侯五，他早就盯着正所长的位子了，可如今连副所长也被扒了。他憋了一肚子火没处出，心里恨死了詹四斤：要不是这家伙弄个假外商，自己哪能落到这地步？

侯五跑到文化局，要找詹四斤算账。可一打听，詹四斤出差去了。侯五气得牙痒痒，便跑去告了他一状。

詹四斤出差回来，还没下车，就接到县里头头的电话。詹四斤满肚子狐疑地走进头头的办公室。

就见头头脸色铁青，指着他大发脾气："你詹四斤胆子也太大了，竟敢弄个留学生蒙骗县里！"

一听是这事儿，詹四斤松了一口气，忙说："是谁说我招的是个假外商？乌尔马先生是货真价实的外商！"

头头更来气了："到这时候你还嘴硬？"

詹四斤说："不是我嘴硬，乌尔马先生是个留学生不假，但他也是个货真价实的外商！领导要是不信，我可以拿出证据来！"

詹四斤说完，就急匆匆回家，拿着乌尔马的那封信，又赶回到县委大院。

头头看完乌尔马的那封信，好半天没作声，然后打电话叫来了侯五。

侯五一走进头头办公室，见詹四斤低着头，坐在那儿，心里不禁得意起来：哈哈！詹四斤，你也有今天！

头头看完侯五当时审讯乌尔马的笔录，一时拿不定主意，搞不清楚哪个是真哪个是假，便沉着脸对詹四斤说："你必须尽快地把那个阿拉伯人给我找来，不然……"

詹四斤和侯五各怀心思，走出县委大院。

詹四斤心想：得赶快把乌尔马请回来，不然这头上的乌纱帽就要被风吹走了。

而侯五万万没想到那个阿拉伯人竟真的是个大富翁，心想：倘若让詹四斤把那阿拉伯人再次招到咱坞山来，真的在坞山建起个彩色水泥厂，那自己的好日子也就到头了！

詹四斤一回到局里，就连忙给女儿打电话，得知乌尔马已经回到了学校，便连忙借了一辆桑塔纳，急匆匆地往南华大学赶去。

侯五一边往派出所走，一边想：自己错把那阿拉伯人当嫖客抓了起来，虽说狠狠敲了詹四斤一笔，但眼下如不赶紧采取补救措施，惹恼了县里头头，自己今后只怕没得好混的了！

侯五走进派出所，一见院里那辆警车，顿时心里一动：有了！何不抢在詹四斤之前赶到省城，把那阿拉伯人请回坞山。只要能把乌尔马请回来，那就是大功一件，到时头头一高兴，自己想当个所长还不是小菜一碟？

想到这儿，侯五一伸手，拉开了车门，钻了进去。

侯五开着车，把警笛摁得“呜呜呜”直叫，一路风驰电掣地驶出了县城。

可一上到去省城的国道，侯五心里不由又打起了鼓：自己曾得罪过那阿拉伯人，我这一去，能把他请回来吗？

想到这里，他不由恨起了当初那个举报人。该死的，都怪这人多事，如今害得老子像个被人驱赶的老鼠，一刻也不得消停！

侯五边开车边想，可是一出县界，路况逐渐平坦，侯五的心情就渐渐变得快活起来：谋事在人，成事在天，老子先赶到省城再说，至于事儿能不能办成，只好听天由命了。

这么想着，侯五一加油门，警车一溜烟地在国道上飞驰起来。只见他一边手握方向盘，一边还嘟着嘴巴吹起了口哨《妹妹你大胆地往前走》，吹着吹着，警车就驶入了邻县一个交叉路口。

这路口在一个下坡处。这时，只见侯五的车头往上一抬，紧接着就车身朝下，向岔路口猛冲而去。谁知快要接近路口时，一辆吉普车从斜岔里的一个加油站爬上了主干道。

侯五一看吉普车，好像是文化局詹四斤那辆破车。

一见吉普车“吭吭哧哧”地在前面爬，侯五不由心中一喜：幸亏有远见，看来詹四斤也是去请那阿拉伯人。但他那辆老爷车哪跑得过老子的警车？

侯五这么一想，当即加大油门，朝吉普车猛冲过去。到了跟前，侯五猛按喇叭。不料吉普车不让道，还在路上扭来扭去，不让他超车。

侯五生气了，口哨也不吹了，用手拍打着方向盘，骂道：“詹四斤，你找死啊？”

其实，侯五是骂错了人，这会儿坐在吉普车里的并不是詹四斤，而是铁路办的巴公楚。

巴公楚咋会坐在文化局的吉普车里呢？

原来，当巴公楚亲眼看见詹四斤招来一个外商时，就觉得闹心，总想挫挫詹四斤的锐气。

那天，是他让蒜头鼻躺到乌尔马的床上，然后就给侯五打了电话。

乌尔马走后，他听说乌尔马原来是个冒牌货，顿时喜得他胡子翘上了天，心想：詹四斤，有你好瞧的！

谁知，巴公楚高兴劲儿还没过去，前天他的一个在天马市工作的亲戚告诉他说，自己正在联系一个阿拉伯外商，这外商叫乌尔马，是个亿万富翁。

巴公楚一听，惊出一身冷汗，心想：天底下没有不透风的墙，原以为那阿拉伯人是个假货，谁知是个真外商，万一今后县里知道当初是自己给侯五打的举报电话，那还得了？

等亲戚一走，巴公楚连忙打电话给他在文化局开车的姨外甥，要借车子一用。他想抢在亲戚之前把乌尔马弄到坞山来，将功补过。

姨爹要车，姨外甥哪能不从？他见詹四斤借了一辆桑塔纳去了省城，就把局里那辆破吉普开出来，送巴公楚上省城。

当然，巴公楚也知道侯五和詹四斤都在打乌尔马的主意，此时，他见侯五在后面拼命想超车，哪能给他让道？

侯五见吉普死活不让道，不由火了，心里暗骂：就算把你挤到路边摔死，老子也要超过去。

于是，他一扭方向盘，强行超车。眼看就要将吉普车逼到路边，哪知一辆桑塔纳从省城方向急驰而来。

刚好这时，路面有个急转弯，三辆车同时来到转弯处，桑塔纳司机哪知道前面的吉普车和警车在国道上表演“秧歌舞”？毫不知情的他还是一个劲地急驰而来。

侯五见对面突然来了一辆桑塔纳，暗道一声不好，急忙伸脚去踩刹车，不想忙中出错，竟把油门当成了刹车。警车朝前猛冲过去，只听“咔吱吱”一阵闷响，警车和桑塔纳的“肚皮”做了一次亲密的接触。

桑塔纳被撞到半空中打了一个翻身，四轮朝天，“扑通”一声，摔到了路边的秧田里。

侯五的警车虽说没滚下路面，却一头撞向了路边一块水泥墩上，车头撞了个稀巴烂。侯五经这么剧烈的一击撞，撞得五脏六腑都挪了位，脑袋上也撞起一个大青包。

再说文化局那辆破吉普，当司机从后视镜里见警车强行冲过来时，顿时惊得急忙一扭方向盘，哪知用力过猛，虽说避过了警车的冲撞，但车身却朝路边护栏冲去。吉普车撞倒护栏，打了几个翻身，“咕咙咙咙”

滚到路边长满茅草荆棘的斜坡下，顿时散了架。

车里的巴公楚好不容易从坡下爬上来，只见他衣服挂成了渔网，脸被荆棘划开了一朵花，血水流了个满头满脸，活像戏台上的小丑。

这时，侯五也从车里爬了出来，一见巴公楚，心想都是这混蛋惹出来的事，不由怒从心起，冲着巴公楚大吼："没长眼睛啊！咋不给老子让道？"

巴公楚心里比他还气，回吼道："你找死啊，想拉着老子垫背还是咋的？"

两人正吵成一团时，桑塔纳里的人也从秧田里爬了起来，只见他满身泥水，成了不折不扣的大花脸。巴公楚和侯五细细一看，这人竟是詹四斤？！

詹四斤狼狈地爬上路面，坐在水泥墩上喘了一会儿粗气后，瞪着侯五，仰天长叹道："侯五，侯五，你干的好事啊！好端端的一个外商，硬是被你逼走了！"

侯五吼道："这能怪我吗？"他一指巴公楚，"要怪就怪这混蛋，是他瞎举报的！"

尾声

詹四斤虽说早巴公楚和侯五一步赶到省城，但女儿却说乌尔马到外地签合同去了。

刚好这时，文化局办公室打来电话，要他马上回去，因为县里听说，又有一个大外商落户天马，要组织全县各级干部到天马去参观考察。

谁知到了天马一看，那个大外商不是别人，竟是乌尔马！县里头头气得差点当场昏过去。

从天马回坞山没几天，县里就给了詹四斤留党察看处分，把他调到铁路办去管蒜头鼻。

巴公楚重新回到原来的乡镇。

而胡通不等县里处分，便自动辞了职，到南方一家小报当记者去了。

至于侯五，职务早就扒了，由于私自驾警车酿成车祸，毁了三辆小车，被开除了公职。不过，这回他倒没去重操旧业当混混，而是在濯玉河边开了一家小餐馆。

陡然从年轻姑娘成群的文化局来到铁路办，成天面对一个蒜头鼻，詹四斤心情郁闷极了。

这天，他踱步来到濯玉河边散心，无意间走进了侯五的小餐馆。来的都是客，这时的侯五，竟自动放弃前嫌，笑容可掬地把他迎到桌旁坐下。

詹四斤刚一坐下，巴公楚恰巧也晃了进来。

三个昔日的冤家对头，大眼瞪小眼地看了一会儿，然后竟像老朋友一般，一齐坐到了桌旁。

三个人一边喝着酒，一边朝濯玉河望去，只见河对岸那家彩色水泥厂上空，"咕嘟咕嘟"地冒着白烟；到大坞山上运水泥石料的船只，在濯玉河中穿梭而行。

望着那烟，那船，詹四斤情不自禁地叹了口气说："唉——本应建在坞山的水泥厂，却跑到天马去了！"

巴公楚和侯五也跟着长叹一声："唉——教训呀，教训呀……"

（赵　风）

（题图：杨宏富）